LA MORT DE POMPEE. TRAGEDIE.

Suiuant la Copie imprimée
A PARIS.

cIɔ Iɔ c XLIV.

M (

M

L'I

M

le p
mine
nnag
tre (
ation
une l
mun
Roi
re d
de l
elle

A
MONSEIGNEVR MONSEIGNEVR L'EMINENTISSIME CARDINAL MAZARIN.

ONSEIGNEVR,

Ie preſente le grand Pompée à voſtre Eminence, c'eſt à dire, le plus grand perſonnage de l'ancienne Rome, au plus illuſtre de la nouuelle. Ie mets ſous la protection du premier Miniſtre de noſtre ieune Roy, vn Heros qui dans ſa bonne fortune fut le protecteur de beaucoup de Rois, & qui dans ſa mauuaiſe eut encore des Rois pour ſes Miniſtres. Il eſpere de la generoſité de voſtre Eminence qu'elle ne dédaignera pas de luy conſeruer cette ſeconde vie que i'ay taſché de luy redonner, & que luy rendant cette Juſtice qu'elle fait rendre par tout le Royaume, elle le vangera pleinement de la mauuaiſe Politique de la Cour d'Egypte. Il l'eſpere, & auec raiſon, puiſque dans le peu de ſeiour qu'il a fait en France, il a deſia ſçeu de la voix publique, que les Maximes dont vous vous ſeruez pour la conduite de cét Eſtat ne ſont point fondées ſur d'autres principes que ſur ceux de la vertu. Il a ſçeu d'elle les obligations que vous a la France de l'auoir choiſie pour voſtre ſeconde mere, qui vous eſt d'autant plus redeuable, que les grands ſeruices que vous luy rendez ſont de purs effets de voſtre inclination & de voſtre zele, & non pas des deuoirs de voſtre naiſſance : Il a ſçeu que Rome s'eſt aquitée enuers noſtre ieune Monarque de ce qu'elle deuoit à ſes predeceſſeurs par le preſent qu'elle luy a fait de voſtre perſonne. Il a ſçeu d'elle enfin que la ſolidité de voſtre prudence, & la netteté de vos lumieres enfantent des conſeils ſi auantageux pour le gouuernement, qu'il ſemble que ce ſoit vous a qui par vn eſprit de Prophetie noſtre Virgile ait adreſſé ce vers il y a plus de ſeize ſiecles,

Tu

Tu regere imperio populos Romane, memento.

Voila, MONSEIGNEVR, ce que ce grand homme a appris en apprenant à parler François,

Pauca, sed à pleno venientia pectore veri.

Et comme la gloire de V. E. est assez asseurée sur la fidelité de cette voix publique, ie n'y mesleray point la foiblesse de mes pensées, n'y la rudesse de mes expressions, qui pourroient diminuër quelque chose de son esclat, & ie n'aiousteray rien aux celebres témoignages qu'elle vous rend, qu'vne profonde veneration pour les hautes qualitez qui vous les ont aquis, auec vne protestation tres-sincere & tres-iuuiolable d'estre toute ma vie,

MONSEIGNEVR,

De V. E.

Le tres-humble, tres obeïssant, & tres fidelle seruiteur,

CORNEILLE,

AV LECTEVR.

I ie voulois faire icy ce que i'ay fait en mes deux derniers ouurages, & te donner le texte ou l'abregé des Autheurs dont cette Histoire est tirée, afin que tu peusses remarquer en quoy ie m'en-serois écarté pour l'accommoder au Theatre, ie ferois vn Auant-propos dix fois plus long que mon Poëme, & i'aurois à rapporter des Liures entiers de presque tous ceux qui ont escrit l'Histoire Romaine. Ie me contenteray de t'auertir que celuy dont ie me suis le plus seruy a esté le Poëte Lucain, dont la lecture m'a rendu si amoureux de la force de ses pensées & de la majesté de son raisonnement, qu'afin d'en enrichir nostre langue, i'ay fait cét effort pour reduire en Poëme Dramatique, ce qu'il a traité en Epique. Tu trouueras icy cent ou deux cens vers traduits ou imitez de luy, i'ay tasché de le suyure dans le reste, & de prendre son caractere quand son exemple m'a manqué. Si ie suis demeuré bien loin derriere, tu en iugeras. Cependant i'ay creu ne te deplaire pas

pas

pas de te donner icy trois passages qui ne viennent pas mal à mon sujet. Le premier est un Epitaphe de Pompée, prononcé par Caton dans Lucain. Les deux autres sont deux peintures de Pompée & de Cesar, tirées de Velleius Paterculus. Ie les laisse en Latin, de peur que ma traduction n'oste trop de leur grace & de leur force, les Dames se les feront expliquer.

EPITAPHIVM POMPEII MAGNI.

Cato apud Lucanum libro 9.

CIuis obit (inquit) multo maioribus impar
Nosse modum iuris, sed in hoc tamen vtilis æuo:
Cui non ulla fuit iusti reuerentia, salua
Libertate potens, & solus plebe parata
Priuatus seruire sibi; rectorque Senatus,
Sed regnantis erat: nil belli iure poposcit,
Quæque dari voluit, voluit sibi posse negari.
Immodicas possedit opes, sed plura retentis
Intulit: inuasit ferrum, sed ponere norat:
Prætulit arma togæ, sed pacem armatus amauit,
Iuuit sumpta ducem, iuuit dimissa potestas,
Casta domus, luxuque carens, corruptaque nunquam,
Fortuna Domini, clarum & venerabile nomen
Gentibus, & multum nostræ quod proderat vrbi.
Olim vera fides Sylla Marioque receptis
Libertatis obit, Pompeio rebus adempto
Nunc & ficta perit: non iam regnare pudebit,
Nec color imperii, nec frons erit vlla Senatus,
O felix, cui summa dies fuit obuia victo,
Et cui quærendos Pharium scelus obtulit enses!
Forsitan in soceri potuisset viuere regno.
Scire mori sors prima viris, sed proxima cogi.
Et mihi, si fatis aliena in iura venimus.
Da talem, Fortuna, Iubam: non deprecor hosti
Seruari, dum me seruet ceruice recisa.

ICON.

ICON POMPEII MAGNI.

Velleius Paterculus lib. 2.

FVit hic genitus matre Lucilia, ſtirpis Senatoriæ, forma excellens, non ea qua flos commendatur ætatis, ſed quæ ex dignitate conſtantiaque in illam conueniens amplitudinem, fortunam quoque eius ad vltimum vitæ comitata eſt diem: innocentia eximius, ſanctitate præcipuus, eloquentia medius; potentiæ quæ honoris cauſa ad eum deferretur, non vt ab eo occuparetur, cupidiſſimus: dux bello peritiſſimus: ciuis in toga (niſi vbi vereretur ne quem haberet parem) modeſtiſſimus, amicitiarum tenax, in offenſis exorabilis, in reconcilianda gratia fideliſſimus, in accipienda ſatisfactione faciliſsimus; potentia ſua nunquam aut raro ad impotentiam vſus, pæne omnium votorum expers, niſi numeraretur inter maxima, in ciuitate libera dominaque gentium, indignari, cum omnes ciues jure haberet pares, quemquam æqualem dignitate conſpicere.

ICON C. CÆSARIS.

Idem, Ibidem.

HIc nobiliſſima Iuliorum genitus familia, & quod inter omnes antiquiſſimos conſtabat, ab Anchiſe ac Venere ducens genus, forma omnium ciuium excellentiſſimus, vigore animi acerrimus, munificentia effuſiſſimus, animo ſuper humanam & naturam & fidem euectus, magnitudine cogitationum, celeritate bellandi, patientia periculorum, Magno illi Alexandro, ſed ſobrio, neque iracundo, ſimillimus: qui deniq; ſemper & ſomno & cibo in vitam, non in voluptatem vteretur.

ACTEURS.

IVLES CESAR.
MARC ANTOINE.
CORNELIE, vefue de Pompée.
LEPIDE,
PTOLOMEE, Roy d'Egypte.
CLEOPATRE, Reyne d'Egypte.
PHOTIN, Gouuerneur du Roy d'Egypte.
ACHILLAS, Liutenant general des armées du Roy d'Egypte.
SEPTIME, Tribu Romain à la solde du Roy d'Egypte.
CHARMION, Dame d'honneur de la Reyne.
ACHOREE Escuyer de la Reyne.
TROVPE DE ROMAINS.
TROVPE D'EGYPTIENS.

La scene est en Alexandrie, dans le Palais Royal de Ptolomee.

LA

LA MORT DE POMPEE.

TRAGEDIE.

ACTE I.

SCENE PREMIERE.

PTOLOMEE, PHOTIN, ACHILLAS, SEPTIME.

PTOLOMEE.

LE deſtin ſe declare, & nous venons d'entendre
Ce qu'il a reſolu du beau pere & du gendre.
Quand les Dieux eſtonnez ſembloient ſe partager,
Pharſale a decidé ce qu'ils n'oſoient iuger,
Ses fleuues teints de ſang, & rendus plus rapides
Par le débordement de tant de parricides,

Ces

Cet horrible débris d'Aigles, d'armes, de chars,
Sur ses champs empestez confusément espars,
Ces montagnes de morts priuez d'honneurs su-
  presmes
Que la Nature force à se vanger eux-mesmes,
Et de leurs troncs pourris exhale dans les vents
De quoy faire la guerre au reste des viuans,
Sont les tiltres affreux dont le droit de l'espée
Iustifie Cesar & condamne Pompée.
Ce deplorable Chef du party le meilleur,
Que sa fortune lasse abandonne au malheur,
Deuient vn grand exemple, & laisse à la memoire
Des changemens du sort une effroyable histoire.
Il fuit, luy qui tousiours triomphant & vainqueur
Vit ses prosperitez esgaler son grand cœur,
Il fuit, & dans nos ports, dans nos murs, dans nos
  villes,
Et contre son beau-pere ayant besoin d'aziles
Sa déroute orgueilleuse en cherche aux mesmes
  lieux
Où contre les Tirans en trouuerent les Dieux.
Il croit que ce climat en dépit de la guerre
Ayant sauué le Ciel, sauuera bien la Terre,
Et dans son desespoir à la fin se meslant
Pourra prester espaule au monde chancelant.
Ouy, Pompée auec luy porte le sort du monde,
Et veut que nostre Egypte en miracles feconde
Serue à sa liberté de sepulcre, ou d'appuy.
Et releue sa cheute, ou trébusche soubs luy.
C'est dequoy, mes amis, nous auons à resoudre,
Il apporte en ces lieux les palmes, ou la foudre,
S'il couronna le pere, il hazarde le fils,
Et nous l'ayant donneé il expose Memphis.
Il faut, ou receuoir, ou haster son supplice,
Le suiure, ou le pousser dedans le précipice,
L'vn me semble peu seur, l'autre peu genereux,

Et

Et ie crains d'estre injuste, & d'estre malheureux.
Quoy que ie face enfin, la fortune ennemie
M'offre bien des perils, ou beaucoup d'infamie:
C'est à moy de choisir, c'est à vous d'aduiser
A quel choix vos conseils me doiuent disposer,
Il s'agit de Pompée & nous aurons la gloire
D'acheuer de Cesar, ou troubler la victoire,
Et iamais Potentat n'a veu soubs le Soleil
Matiere plus illustre agiter son conseil.

PHOTIN.

Sire, quand par le fer les choses sont vuidées
La Iustice & le droit sont de vaines idées,
Et qui veut estre iuste en de telles saisons
Balance le pouuoir, & non pas les raisons.
Voyez donc vostre force, & regardez Pompée,
Sa fortune abbatuë, & sa valeur trompée,
Cesar n'est pas le seul qu'il fuye en cét estat,
Il fuit & le reproche & les yeux du Senat,
Dont plus de la moitié piteusement estale
Vne indigne curée aux vautours de Pharsale,
Il fuit Rome perduë, il fuit tous les Romains
A qui par sa defaite il met les fers aux mains,
Il fuit le desespoir des peuples & des Princes
Qui veut vanger sur luy le sang de leurs Prouinces,
Leurs estats & d'argent & d'hommes espuisez,
Leurs throsnes mis en cendre, & leurs sceptres brisez,
Autheur des maux des tous, il est à tous en butte,
Et fuit le monde entier escrasé sous sa cheute;
Le defendrez vous seul contre tant d'ennemis?
L'espoir de son salut en luy seul estoit mis,
Luy seul pouuoit pour soy, cedez alors qu'il tõbe,
Soustiendrez-vous vn faix sous qui Rome succombe,
Soubs qui tout l'Vniuers se trouue foudroyé,
Sous qui le grand Pompée, a luy mesme ployé?

Quand

Quand on veut souſtenir ceux que le ſort accable
A force d'eſtre iuſte on eſt ſouuent coupable,
Et la fidelité qu'on garde imprudemment
Apres vn peu d'eſclat traiſne vn long chaſtiment,
Trouue vn noble reuers dont les coups inuincibles
Pour eſtre glorieux ne ſont pas moins ſenſibles.
Sire, n'attirez point le tonnerre en ces lieux,
Ranges vous du party des deſtins, & des Dieux,
Et ſans les accuſer d'iniuſtice, ou d'outrage,
Puis qu'ils font les heureux, adorez leur ouurage;
Quels que ſoient leurs decrets, declarez-vous pour eux,
Et pour leur obeyr perdez le mal-heureux.
Preſſé de toutes parts des coleres celeſtes
Il en vient deſſus vous faire fondre les reſtes,
Et ſa teſte qu'à peine il a peû deſrober
Toute preſte de choir cherche auec qui tomber;
Sa retraite chez vous en effet n'eſt qu'vn crime,
Elle marque ſa haine, & non pas ſon eſtime,
Il ne vient que vous perdre en venant prendre port,
Et vous pouuez douter s'il eſt digne de mort!
Il deuoit mieux remplir nos vœux & noſtre attente,
Faire voir ſur ſes nefs la victoire flottante,
Il n'euſt icy trouué que ioye & que feſtins,
Mais puis qu'il eſt vaincu qu'il s'en prenne aux deſtins.
I'en veux à ſa diſgrace & non à ſa perſonne,
I'execute à regret ce que le Ciel ordonne,
Et du meſme poignard pour Ceſar deſtiné.
Ie perce en ſoûpirant ſon cœur infortuné.
Vous ne pouuez enfin qu'aux deſpens de ſa teſte
Mettre à l'abry la voſtre & parer la tempeſte:
Laiſſez nommer ſa mort vn iniuſte attentat,
La Iuſtice n'eſt pas vne vertu d'Eſtat,

Le

Le choix des actions ou mauuaises ou bonnes
Ne fait qu'anneantir la force des Couronnes,
Le droit des Rois consiste à ne rien espargner,
La timide equité destruit l'art de regner,
Quand on craint d'estre injuste, on a tousiours à craindre,
Et qui veut tout pouuoir doit oser tout éfraindre,
Fuir comme vn des-honneur la vertu qui le perd,
Et voler sans scrupule au crime qui le sert.
C'est là mon sentiment, Achillas & Septime
S'attacheront peut estre à quelque autre maxime,
Chacun a son aduis, mais quel que soit le leur,
Qui frappe le vaincu ne craint point le vainqueur.

ACHILLAS.

Sire, Photin dit vray, mais quoy que de Pompée
Ie voye & la fortune & la valeur trompée,
Ie regarde son sang comme vn sang precieux
Qu'au milieu de Pharsale ont respecté les Dieux.
Non qu'en vn coup d'Estat ie n'approuue le crime,
Mais s'il n'est necessaire il n'est point legitime,
Et quel besoin icy d'vne extréme rigueur?
Qui n'est point au vaincu ne craint point le vainqueur.
Neutre iusqu'à present, vous pouuez l'estre encore.
Vous pouuez adorer Cesar, si l'on l'adore,
Mais quoy que vos encens le traitent d'immortel
Cette grande victime est trop pour son Autel,
Et sa teste immolée au Dieu de la victoire
Imprime à vostre nom vne tache trop noire,
Ne le pas secourir suffit sans l'opprimer.
En vsant de la sorte on ne vous peut blasmer,
Vous luy deuez beaucoup, par luy Rome animée
A fait rendre le sceptre au feu Roy Ptolomée,
Mais la recognoissance & l hospitalité

Sur

Sur les ames des Rois n'ont qu'vn droit limité:
Quoy que doiue vn Monarque, & deust-il sa couronne,
Il doit à ses sujets encor plus qu'à personne,
Et cesse de deuoir quand la debte est d'vn rang
Qu'il ne peut acquiter qu'aux despens de leur sang.
S'il est iuste d'ailleurs que tout se considere,
Que hazardoit Pompée en seruant vostre pere:
Il se voulut par là faire voir tout-puissant,
Et vit croistre sa gloire en le restablissant.
Il le seruit en fin, mais ce fut de la langue,
La bourse de Cesar fit plus que sa harangue,
Sans ses mille talents, Pompée & ses discours
Pour rentrer en Egypte estoient vn froid secours,
Qu'il ne vante donc plus ses merites friuoles,
Les effets de Cesar valent bien ses paroles,
Et si c'est vn bienfait qu'il faut rẽdre auiourd'huy,
Comme il parla pour vous, vous parlerez pour luy.
Ainsi vous le pouuez & deuez recognoistre,
Le receuoir chez vous c'est receuoir vn maistre
Qui tout vaincu qu'il est brauant le nom de Roy
Dans vos propres Estats vous donneroit la loy.
Fermez-luy donc vos ports, mais espargnez sa teste,
S'il le faut toutefois ma main est toute preste,
Ie scais obeyr, Sire, & ie serois jaloux
Qu'autre bras que le mien portast les premiers coups.

SEPTIME.

Sire, ie suis Romain, ie cognoy l'vn & l'autre,
Pompée a besoin d'ayde, il vient chercher la vostre,
Vous pouuez comme maistre absolu de son sort
Le seruir, le chasser, le liurer vif, ou mort:

Des

Des quatre le premier vous feroit trop funeste,
Souffrez donc qu'en deux mots j'examine le reste.
Le chasser, c'est vous faire un puissant ennemy.
Sans obliger par là le vainqueur qu'à demy,
Puisque c'est luy laisser & sur mer & sur terre
La suite d'vne longue & difficile guerre,
Dont peut estre tous deux esgalement lassez
Se vangeroient sur vous de tous les maux passez.
Le liurer à Cesar n'est que la mesme chose,
Il luy pardonnera s'il faut quil en dispose,
Et s'armant à regret de generosité
D'vne fausse clemence il fera vanité,
Heureux de l'asseruir en luy donnant la vie,
Et de plaire par là mesme à Rome asseruie,
Cependant que forcé d'espargner son riual
Aussi bien que Pompée il vous voudra du mal.
Il faut le deliurer du peril & du crime,
Asseurer sa puissance & sauuer son estime,
Et du party contraire en ce grand Chef destruit
Prendre sur vous la honte, & luy laisser le fruit.
C'est là mon sentiment, ce doit estre le vostre
Par là vous gaignez l'vn, & ne craignez plus l'autre,
Mais suiuant d'Achillas le conseil hazardeux
Vous n'en gaignez pas vn, & les perdez tous deux.

PTOLOMEE.

N'examinons donc plus la iustice des causes,
Et cedons au torrent qui traisne toutes choses.
Ie passe au plus de voix, & de mon sentiment
Ie veux bien auoir part à ce grand changement.
Assez & trop long-temps l'arrogance de Rome
A crû qu'estre Romain c'estoit estre plus qu'homme,
Abatons sa superbe auec sa liberté,
Dans le sang de Pompée esteignons sa fierté,

Tran-

Tranchons l'vnique espoir où tant d'orgueil se fonde,
Et donnons vn Tyran à ces tyrans du monde.
Consentons au destin qui les veut mettre aux fers,
Et prestons luy la main pour vanger l'Vniuers.
Rome, tu seruiras, & ces Roys que tu braues,
Et que ton insolence ose traicter d'esclaues,
Adoreront Cesar auec moins de douleur,
Puis qu'il sera ton maistre aussi bien que le leur.
Allez donc Achillas, allez auec Septime
Nous immortaliser par cét illustre crime,
Qu'il plaise au Ciel ou non, laissez m'en le soucy,
Ie croy qu'il veut sa mort, puis qu'il l'amene icy.

ACHILLAS.

Sire, ie croy tout iuste alors qu'vn Roy l'ordonne.

PTOLOMEE.

Allez, & hastez vous d'asseurer ma couronne,
Et vous ressouuenez que ie mets en vos mains
Le destin de l'Egypte, & celuy des Romains.

SCENE II.

PTOLOMEE, PHOTIN.

PTOLOMEE.

PHotin, ou ie me trompe, ou ma sœur est déceuë,
De l'abord de Pompée elle espere autre issuë,
Sçachant que de mon pere il a le testament
Elle ne doute point de son couronnement,
Elle se croit desia souueraine maistresse
D'vn sceptre partagé que sa bonté luy laisse,
Et se promettant tout de leur vieille amitié
De mon Trosne dans l'ame elle prend la moitié.

Ou

Ou de son vain orgueil les cendres r'allumées
Poussent desia dans l'air de nouuelles fumées.

PHOTIN.

Sire, c'est vn motif que ie ne disois pas
Qui deuoit de Pompée aduancer le trespas,
Sans doute il iugeroit de la sœur & du frere
Suiuant le testament du feu Roy vostre Pere,
Son hoste & son amy qui l'en voulut saisir,
Iugez apres cela de vostre desplaisir.
Ce n'est pas que ie vueille en vous parlant contre elle
Rompre les sacrez nœuds d'vne amour fraternelle;
Du Trosne, & non du cœur ie la veux esloigner,
Car c'est ne regner pas qu'estre deux à regner,
Vn Roy qui s'y resout est mauuais Politique,
Il destruit son pouuoir quand il le communique;
Et les raisons d'Estat... mais, Sire, la voicy.

SCENE III.

PTOLOMEE, CLEOPATRE, PHOTIN.

CLEOPATRE.

SIRE, Pompée arriue, & vous estes icy!

PTOLOMEE.

I'attens dans mon Palais ce guerrier magnanime,
Et luy viens d'enuoyer Achillas, & Septime.

CLEOPATRE.

Quoy? Septime à Pompée! à Pompée Achillas!

PTOLOMEE.

Si ce n'est assez d'eux, allez suiuuez leurs pas.

CLEOPATRE.

Donc pour le receuoir c'est trop que de vous mesme?

PTO-

PTOLOMEE.

Ma sœur, ie doibs garder l'honneur du Diadéme.

CLEOPATRE.

Si vous en portez vn, ne vous en souuenez
Que pour baiser la main de qui vous le tenez,
Que pour en faire hommage aux pieds d'vn si grand homme.

PTOLOMEE.

Au sortir de Pharsale est-ce ainsi qu'on le nomme ?

CLEOPATRE.

Fust-il dans son malheur de tous abandonné,
Il est tousiours Pompée, & vous a couronné,

PTOLOMEE.

Il n'en est plus que l'ombre, & couronna mon pere
Dont l'ombre & non pas moy luy doit ce qu'il espere,
S'il veut, il peut aller dessus son monument
Receuoir ses deuoirs & son remerciment.

CLEOPATRE.

Apres vn tel bien fait, c'est ainsi qu'on le traicte!

PTOLOMEE.

Ie m'en souuiens, ma sœur, & ie voy sa deffaite.

CLEOPATRE.

Vous la voyez de vray, mais d'vn œil de mespris.

PTOLOMEE.

Le temps de chaque chose ordonne & fait le prix,
Vous qui l'estimez tant, allez luy rendre hommage,
Mais songez qu'au port mesme il peut faire naufrage.

CLEOPATRE.

Il peut faire naufrage, & mesme dans le port!
Quoy ? vous auriez osé luy preparer la mort?

PTOLOMEE.

I'ay fait ce ques les Dieux m'ont inspiré de faire,
Et que pour mon Estat i'ay iugé necessaire.

CLEOPATRE.

Ie ne le voy que trop, Photin, & ses pareils,
Vous ont empoisonné de leurs lâches conseils,
Ces ames que le Ciel ne forma que de boüe. . . .

PHOTIN.

Ce sont de nos conseils, oüy, Madame, & i'aduoüe. . .

CLEOPATRE.

Photin, ie parle au Roy, vous respondez pour tous
Quand ie m'abaisseray iusqu'à parler à vous.

PTOLOMEE.

Il faut vn peu souffrir de cette humeur hautaine,
Ie sçay vostre innocence, & ie connoy sa hayne;
Apres tout c'est ma sœur, oyez sans repartir.

CLEOPATRE.

S'il est, Sire, encor temps de vous en repentir,
Affranchissez vous d'eux & de leur tyrannie,
Rappellez la vertu par leurs conseils bannie,
Cette haute vertu dont le Ciel & le sang
Enflent tousiours les cœurs de ceux de nostre rang.

PTOLOMEE.

Quoy? d'vn friuole espoir desia preoccupée
Vous me parlez en Reyne en parlant de Pompée,
Et d'vn faux zele ainsi vostre orgueil reuestu
Fait agir l'interest sous le nom de vertu?
Confessez-le, ma sœur, vous sçauriez vous en taire
N'estoit le testament du feu Roy nostre Pere,
Vous sçauez qu'il le garde.

CLEOPATRE.

Et vous sçaurez aussi

Que

Que la ſeule vertu me fait parler ainſi,
Et que ſi l'intereſt m'auoit preoccupée,
I'agirois pour Ceſar, & non pas pour Pompée.
Apprenez vn ſecret que ie voulois cacher,
Et ceſſez deſormais de me rien reprocher.
Quand ce peuple inſolent qu'enferme Alexandrie
Fit quitter au feu Roy ſon Troſne & ſa patrie,
Et que par ces mutins chaſſé de ſon Eſtat
Il fut iuſques à Rome implorer le Senat,
Il nous mena tous deux pour toucher ſon courage,
Vous aſſez ieune encor, moy deſia dans vn aage
Ou ce peu de beauté que m'ont donné les Cieux
D'vn aſſez vif eſclat faiſoit briller mes yeux.
Ceſar en fut eſpris, du moins il feignit l'eſtre,
Et voulut que l'effet le fit bien toſt paroiſtre,
Mais voyant contre luy le Senat irrité,
Il fit agir Pompée & ſon authorité.
Ce dernier nous ſeruit à ſa ſeule priere,
Qui de leur amitié fut la preuue derniere,
Vous en ſçauez l'effet, & vous en joüiſſez,
Mais pour vn tel amant ce ne fut pas aſſez,
Apres auoir pour nous employé ce grand homme
Qui nous gaigna ſoudain toutes les voix de Rome.
Son amour en voulut ſeconder les efforts,
Et nous ourant ſon cœur nous ouurit ſes treſors,
Nous euſmes de ſes feux encore en leur naiſſance,
Et les nerfs de la guerre, & ceux de la puiſſance,
Et les mille talents qui luy ſont encor deus
Remirent en nos mains tous nos Eſtats perdus.
Le Roy qui s'en ſouuint à ſon heure fatale
Me laiſſa comme à vous la dignité Royale,
Et par ſon teſtament qui doit ſeruir de loy
Me rendit vne part de ce qu'il tient de moy.
C'eſt ainſi qu'ignorant d'où vint ce bon office
Vous appellez faueur ce qui n'eſt que iuſtice,

Et

Et l'osez accuser d'vne aueugle amitié
Quand du tout qu'il me doit, il me rend la moitié.

PTOLOMEE.

Certes ma sœur, le conte est fait auec adresse.

CLEOPATRE.

Cesar viendra bien-tost, & i'en ay lettre expresse,
Et peut estre auiourd'huy vos yeux seront tesmoins
De ce que vostre esprit s'imagine le moins,
Ce n'est pas sans sujet que ie parlois en Reyne,
Ie n'ay receu de vous que mespris & que hayne,
Et de ma part du sceptre indigne rauisseur
Vous m'auez plus traictée en esclaue qu'en sœur;
Mesme pour euiter des effets plus sinistres,
Il m'a fallu flatter vos insolents ministres
Dont i'ay craint iusqu'icy le fer, ou le poison,
Mais Pompée ou Cesar m'en va faire raison,
Et quoy qu'auec Photin Achillas en ordonne,
Ou l'vne ou l'autre main me rendra ma couronne,
Cependant mon orgueil vous laisse à demesler
Quel estoit l'interest qui me faisoit parler.

SCENE IV.

PTOLOMEE, PHOTIN.

PTOLOMEE.

QVE dites-vous, amy, de ceste ame orgueilleuse?

PHOTIN.

Sire, ceste surprise est pour moy merueilleuse,
Ie n'en sçay que penser, & mon cœur estonné

D'vn

D'vn secrét que iamais il n'auroit soupçonné,
Inconstant & confus dans son incertitude
Ne se resout à rien qu'auec inquietude.

PTOLOMEE.

Sauuerons-nous Pompée ?

PHOTIN.

Il faudroit faire effort
Si nous l'auions sauué, pour conclurre sa mort.
Cleopatre vous hait, elle est fiere, elle est belle,
Et si l'heureux Cesar a de l'amour pour elle,
La teste de Pompée est l'vnique present
Qui vous face contr'elle vn rempart suffisant.

PTOLOMEE.

Ce dangereux esprit a beaucoup d'artifice.

PHOTIN.

Son artifice est peu contre vn si grand seruice.

PTOLOMEE.

Mais si tout grand qu'il est, il cede à ses appas ?

PHOTIN.

Il la faudra flatter, mais ne m'en croyez pas,
Et pour mieux empescher qu'elle ne vous opprime
Consultez-en encor Achillas & Septime.

PTOLOMEE.

Allons donc les voir faire, & montons à la tour,
Et nous en resoudrons ensemble à leur retour.

Fin du premier Acte.

ACTE

ACTE II.

SCENE PREMIERE.

CLEOPATRE, CHARMION.

CLEOPATRE.

E l'aime, mais l'eſclat d'vne ſi belle flâme
Quelque brillant qu'il ſoit n'ébloüyt point mon ame,
Et touſiours ma vertu retrace dans mon cœur
Ce qu'il doit au vaincu bruſlãt pour le vainqueur.
Auſſi qui l'oſe aymer porte vne ame trop haute
Pour ſouffrir ſeulement le ſoupçon d'vne faute,
Et ie le traiterois auec indignité,
Si i'aſpirois à luy par vne laſcheté.

CHARMION.

Quoy! vous aymez Ceſar, & ſi vous eſtiez creüe,
L'Egypte pour Pompée armeroit à ſa veuë,
En prendroit la deffenſe, & par vn prompt ſecours
Du deſtin de Pharſale arreſteroit le cours!
L'amour certes ſur vous a bien peu de puiſſance.

CLEOPATRE.

Les Princes ont cela de leur haute naiſſance,
Leur ame dans leur ſang prend des impreſſions
Qui deſſous leur vertu rangent leurs paſſions;
Leur generoſité ſouſmet tout a leur gloire,
Tout eſt illuſtre en eux quand ils oſent ſe croire,
Et ſi le peuple y voit quelques deſreglemens,
C'eſt quand l'aduis d'autruy corrompt les ſentimens.
Ce malheur de Pompée acheue la ruyne,
Le Roy l'euſt ſecouru, mais Photin l'aſſaſſine,

Il croit cette ame basse & se monstre sans foy,
Mais s'il croyoit la sienne il agiroit en Roy.

CHARMION.

Ainsi donc de Cesar l'amante & l'ennemie.....

CLEOPATRE.

Ie luy garde vne flâme exempte d'infamie,
Vn cœur digne de luy.

CHARMION.

Vous possedez le sien ?

CLEOPATRE.

Ie croy le posseder.

CHARMION.

Mais le sçauezvous bien ?

CLEOPATRE.

Apren qu'vne Princesse aymant sa renommée
Quand elle aduoüe aymer, s'asseure d'estre aymée,
Et de quelque beau feu que son cœur soit épris,
Ne s'expose iamais aux hontes d'vn mespris.
Nostre sejour à Rome enflâma son courage,
Là i'eus de son amour le premier tesmoignage,
Et depuis iusqu'icy chaque iour ses courtiers
M'apportent en tribut ses vœux & ses lauriers;
Par tout, en Italie, aux Gaules, en Espagne,
La fortune le suit & l'amour l'accompagne,
Son bras ne dompte point de peuples ny de lieux
Dont il ne rende hommage au pouuoir de mes yeux
Et de la mesme main dont il quitte l'espée
Fumante encor du sang des amis de Pompée,
Il trace des soûpirs, & d'vn style plaintif
Dans son champ de victoire il se dit mon captif.
Oüy, tout victorieux il m'escrit de Pharsale,
Et si sa diligence à ses feux est esgale,
Ou plustost si la mer ne s'oppose à ses feux,
L'Egypte le va voir me presenter ses vœux.

Il vient, ma Charmion, iusques dans nos murailles
Chercher aupres de moy le prix de ses batailles,
M'offrir toute sa gloire, & sousmettre à mes loix
Et le cœur & la main qui les donnent aux Rois,
Si bien que ma rigueur, ainsi que le tonnerre,
Peut faire vn malheureux du maistre de la terre.

CHARMION.

I'oserois bien iurer que vos diuins appas
Se vantent d'vn pouoir dont ils n'vseront pas,
Et que le grand Cesar n'a rien qui l'importune
Si vos seules rigueurs ont droit sur sa fortune.
Mais qu'elle est vostre attente, & que pretendez-vous
Puisque d'vne autre femme il est desia l'espoux,
Et qu'auec Calpurnie vn paisible Hymenée
Par des liens sacrez tient son ame enchaisnée ?

CLEOPATRE.

Le diuorce aujourd'huy si commun aux Romains
Peut rendre en ma faueur tous ces obstacles vains.
Cesar en sçait l'vsage & la ceremonie,
Vn diuorce chez luy fit place à Calphurnie.

CHARMION.

Par cette mesme voye il pourra vous quitter.

CLEOPATRE.

Peut-estre mon bon heur sçaura mieux l'arrester,
Et si iamais le Ciel fauorisoit ma couche
De quelque rejetton de cette illustre souche,
Cette heureuse vnion de mon sang & du sien
Vniroit à iamais son destin & le mien :
Comme il n'a plus d'enfans ces chers & nouueaux gages
Me seroient de son cœur de precieux ostages.
Mais laissons au hazard ce qui peut arriuer,
Acheuons cet Hymen s'il se peut acheuer,

Ne durast-il qu'vn iour, ma gloire est sans secõde
D'estre du moins vn iour la maistresse du monde.
I'ay de l'ambition, & soit vice, ou vertu,
Mon cœur sous son fardeau veut bien estre abbatu,
I'en ayme la chaleur, & la nomme sans cesse
La seule passion digne d'vne Princesse.
Mais ie veux que la gloire anime ses ardeurs,
Qu'elle mene sans honte au faiste des grandeurs,
Et ie la desaduouë alors que sa manie
Nous presente le throsne auec ignominie.
Ne t'estonne donc plus, Charmion, de me voir
Defendre encor Pompée & suiure mon deuoir,
Ne pouuant rien de plus pour sa vertu seduite,
Dans mon ame en secret ie l'exhorte à la fuite,
Et voudrois qu'vn orage escartant ses vaisseaux
Malgré luy l'enleuast aux mains de ses bourreaux.
Mais voicy de retour le fidelle Achorée
Par qui i'en appendray la nouuelle asseurée.

SCENE II.

CLEOPATRE, ACHOREE, CHARMION.

CLEOPATRE.

EN est-ce desia fait, & nos bords malheureux
Sont-ils desia soüillez d'vn sang si genereux?

ACHOREE.

Madame, i'ay couru par vostre ordre au riuage,
I'ay veu la trahison, i'ay veu toute sa rage,
Du plus grand des mortels i'ay veu trancher le sort,
I'ay veu dans son malheur la gloire de sa mort,

Et

Et puiſque vous voulez qu'icy ie vous raconte
La gloire d'vne mort qui nous couure de honte,
Eſcoutez, admirez, & plaignez ſon treſpas.
Ses trois vaiſſeaux en rade auoient mis voile bas,
Et voyant dans le port preparer nos galeres.
Il croyoit que le Roy touché de ſes miſeres
Par vn beau ſentiment d'honeur & de deuoir
Auec toute ſa Cour le venoit receuoir:
Mais voyant que ce Prince ingrat à ſes merites
N'enuoyoit qu'vn eſquif remply de ſatellites,
Il ſoupçonna deſlors ſon manquement de foy,
Et ſe laiſſa ſurprendre à quelque peu d'effroy:
Enfin voyant nos bords & noſtre flotte en armes
Il condamna ſoudain ces indignes alarmes,
Et penſa ſeulement dans ce preſſant ennuy
A ne hazarder pas Cornelie auec luy.
N'expoſons luy dit il, que cette ſeule teſte
A la reception que l'Egypte m'apreſte,
Et tandis que moy ſeul i'en courray le danger
Songe à prendre la fuite afin de me vanger:
Le Roy Iuba nous garde vne loy plus ſincere,
Chés luy tu trouueras & mes fils & ton pere,
Mais quand tu les verrois deſcendre chés Pluton,
Ne deſeſpere point du viuant de Caton.
Il dit, & cependant que leur amour conteſte,
Achillas à ſon bord ioint ſon eſquif funeſte,
Septime ſe preſente, & luy tendant la main
Le ſaluë Empereur en lagage Romain,
Et comme deputé de ce ieune Monarque,
Paſſez, Seigneur, dit-il, paſſez dans cette barque,
Les ſables & les bancs cachez deſſous les eaux
Rendent l'accez mal ſeur à de plus grands vaiſſeaux.
Ce Heros voit la fourbe, & s'en mocque dans l'ame,
Il reçoit les Adieux des ſiens, & de ſa femme.

Leur deffend de le ſuiure, & s'auance au treſpas
Auec le meſme front qu'il donnoit les Eſtats,
La meſme Majeſté ſur ſon viſage emprainte
Entre ces aſſaſſins monſtre vn eſprit ſans crainte
Sa vertu tout entiere à la mort le conduit:
Son affranchy Philippe eſt le ſeul qui le ſuit,
C'eſt de luy que i'ay ſceu ce que ie viens de dire,
Mes yeux ont veu le reſte, & mon cœur en ſouſpire
Et croit que Ceſar meſme a de ſi grands malheurs
Ne pourra refuſer des ſouſpirs & des pleurs.

CLEOPATRE.

N'eſpargnes pas les miens, acheuez, Achorée,
L'hiſtoire d'vne mort que i'ay deſia pleurée.

ACHOREE.

On l'amene, & du port nous le voyons venir,
Sans que pas vn d'entr'eux daigne l'entretenir,
Ce meſpris luy fait voir ce qu'il en doit attendre.
Enfin l'eſquif aborde on l'inuite à deſcendre,
Il ſe leue, & ſoudain par derriere Achillas
Comme pour commencer tirant ſon coutelas,
Septime & trois des ſiens, laſches enfants de Rome,
Percent à coups preſſez les flancs de ce grand homme,
Tandis qu'Achillas meſme eſpouuanté d'horreur
De ces quatre enragez admire la fureur.

CLEOPATRE.

Vous qui liurez la terre aux diſcordes ciuiles
Si vous vangez ſa mort, Dieux, eſpargnez nos villes,
N'imputez rien aux lieux, reconnoiſſez les mains,
Le crime de l'Egypte eſt fait par des Romains.
Mais que fait & que dit ce genereux courage?

ACHOREE.

D'vn des pans de ſa robbe il couure ſon viſage,

A son mauuais destin en aueugle obeyt,
Et dedaigne de voir le Ciel qui le trahit,
De peur qu'il ne semblast contre vne telle offense
Implorer d'vn coup d'œil son ayde & sa vangeance,
Aucun gemissement à son cœur eschappé
Ne le montre en mourant digne d'estre frappé,
Immobile à leurs coups, en luy mesme il rappelle
Ce qu'eut de beau sa vie & ce qu'on dira d'elle,
Et tient la trahison que le Roy leur prescrit
Trop au dessus de luy pour y prester l'esprit:
Sa vertu dans leur crime augmẽte ainsi son lustre,
Et son dernier souspir est vn souspir illustre,
Qui de cette grande ame acheuans les destins
Estale tout Pompée aux yeux des assassins.
Sa teste sur les bords de la barque panchée
Par le traistre Septime indignement tranchée
Passe au bout d'vne lance en la main d'Achillas
Ainsi qu'vn grand trophée apres de grands combats;
Et pour combler en fin sa Tragique auanture,
On donne à ce Heros la mer pour sepulture,
Et le tronc soubs les flots roule d'oresnauant
Au gré de la fortune & de l'onde & du vent.
A ce spectacle affreux la pauure Cornelie.....

CLEOPATRE.

Dieux! en quels desplaisirs est-elle enseuelie!

ACHOREE.

Ayant tousiours suiuy ce cher espoux des yeux,
Ie l'ay veuë esleuer ses tristes mains aux Cieux,
Puis cedant aussi-tost à la douleur plus forte
Tomber dans sa galere esuanoüye ou morte.
Les siens en ce desastre à force de ramer
L'esloignent du riuage & regaignent l'a mer,
Mais sa fuite est mal seure, & l'infame Septime

Qui se voit desrober la moitié de son crime,
Affin de l'acheuer, prend six vaisseaux au port,
Et poursuit sur les eaux Pompée apres sa mort.
Cependant Achillas porte au Roy sa conqueste,
Tout le peuple tremblant en destourne la teste,
Vn effroy general offre à l'vn soubs ses pas
Des abysmes ouuerts pour vanger ce trespas,
L'autre entend le tonnerre, & l'autre se figure
Vn desordre soudain de toute la Nature,
Tant l'excez du forfait troublant leurs iugemens
Presente à leur terreur l'excez des chastimens,
Philippe d'autre part monstrant sur le riuage
Dans vne ame seruile vn genereux courage,
Examine d'vn œil & d'vn soin curieux
Où les vagues rendront ce depost precieux,
Pour luy rendre, s'il peut, ce qu'aux morts on doit rendre,
Dans quelque vrne chetifue en ramasser la cendre,
Et d'vn peu de poussiere esleueuer vn tombeau
A celuy qui du monde eut le sort le plus beau.
Mais comme vers l'Afrique on poursuit Cornelie,
On voit d'ailleurs Cesar venir de Thessalie,
Vne flotte paroist qu'on a peine à conter.

CLEOPATRE.

C'est luy mesme, Achorée, il n'en faut point douter.
Tremblez, tremblez, meschans, voicy venir la foudre,
Cleopatre a dequoy vous mettre tous en poudre,
Cesar vient, elle est Reyne, & Pompée est vangé
La Tyrannie est bas, & le sort est changé.
Admirons cependant le destin des grands hommes,
Plaignons-les, & par eux iugeons ce que nous sommes.

Ce Prince d'vn Senat maistre de l'Vniuers,
De qui l'heur sembloit estre au dessus du reuers,
Luy que sa Rome a veu plus craint que le tonnerre,
Triompher en trois fois des trois parts de la terre,
Et qui voyoit encor en ces derniers hazards
L'vn & l'autre Consul suiure ses estendarts,
Si tost que d'vn malheur sa fortune est suiuie,
Les Monstres de l'Egypte ordonnent de sa vie,
On voit vn Achillas, vn Septime, vn Photin,
Arbitres souuerains d'vn si noble destin,
Vn Roy qui de ses mains a receu la couronne
A ces pestes de Cour laschement l'abandonne :
Ainsi finit Pompée, & peut estre qu'vn iour
Cesar esprouuera mesme sort à son tour.
Rendez l'augure faux, Dieux, qui voyez mes larmes,
Et secondez par tout & mes vœux & ses armes.

CHARMION.

Madame, le Roy vient qui pourra vous oüyr.

SCENE III.

PTOLOMEE, CLEOPATRE, CHARMION.

PTOLOMEE.

Sçauez-vous le bon-heur dont nous allõs ioüyr.
Ma sœur ?

CLEOPATRE.

Oüy, ie le sçay, le grand Cesar arriue,
Sous les loix de Photin ie ne suis plus captiue.

PTOLOMEE.

Vous hayssez tousiours ce fidelle suiet.

CLEOPATRE.

Non, mais en liberté ie ris de son proiet.

PTOLOMEE.

Quel proiet faisoit-il dont vous peussiez vous plaindre ?

CLEOPATRE.

I'en ay souffert beaucoup, & i'auois plus à craindre,
Vn si grand Politique est capable de tout,
Et vous donnez les mains à tout ce qu'il resout.

PTOLOMEE.

Si ie suy ses conseils, i'en cognoy la prudence.

CLEOPATRE.

Si i'en crain les effets, i'en voy la violence.

PTOLOMEE.

Pour le bien de l'Estat tout est iuste en vn Roy.

CLEOPATRE.

Ce genre de iustice est à craindre pour moy,
Apres ma part du sceptre à ce tiltre vsurpée,
Il en couste la vie, & la teste à Pompée.

PTOLOMEE.

Iamais vn coup d'Estat ne fut mieux entrepris.
Le voulant secourir Cesar nous eust surpris,
Vous voyez sa vitesse, & l'Egypte troublée
Auant qu'estre en defense en seroit accablée:
Mais ie puis maintenant à cét heureux vainqueur
Offrir en seureté mon Throsne & vostre cœur.

CLEOPATRE.

Ie feray mes presens, n'ayez soin que des vostres,
Et dans vos interests n'en confondez point d'autres.

PTOLOMEE.

Les vostres sont les miens estans de mesme sang

CLEOPTRE.

Vous pouuez dire encor estans de mesme rang
Estans Roys l'vn & l'autre, & toutefois ie pense
Que

Que nos deux interests ont quelque difference.

PTOLOMEE.

Oüy, ma sœur, car l'Estat dont mon cœur est
content
Sur quelques bords du Nil à grand peine s'estend :
Mais Cesar à vos loix sousmettant son courage
Vous va faire regner sur le Gange & le Tage.

CLEOPATRE.

I'ay de l'ambition, mais ie la sçay regler.
Elle peut m'esblouïr, & non pas m'aueugler,
Ne parlons point icy du Tage, ny du Gange,
Ie cognoy ma portée, & ne prends point le
change.

PTOLOMEE.

L'occasion vous rit, & vous en vserez,

CLEOPATRE.

Si ie n'en vse bien, vous m'en accuserez.

PTOLOMEE.

I'en espere beaucoup veu l'amour qui l'engage.

CLEOPATRE.

Vous la craignez peut-estre encore d'auantage,
Mais quelque occasion qui me rie auiourd'huy,
N'ayez aucune peur, ie ne veux rien d'autruy,
Ie ne garde pour vous ny haine, ny colere,
Et ie suis bonne sœur, si vous n'estes bon frere.

PTOLOMEE.

Vous monstrez cependant vn peu bien du mes-
spris.

CLEOPATRE.

Le temps de chaque chose ordonne & fait le prix.

PTOLOMEE.

Vostre façon d'agir le fait assez cognoistre.

CLEOPATRE.

Le grand Cesar arriue, & vous auez vn maistre.

PTOLOMEE.

Il l'est de tout le monde, & ie l'ay fait le mien.

CLEO-

CLEOPATRE.

Allez luy rendre hommage, & i'attendray le sien,
Allez, ce n'est pas trop pour luy que de vous-mesme,
Ie garderay pour vous l'honneur du Diadéme,
Photin vous vient ayder à le bien receuoir,
Consultez auec luy quel est vostre deuoir.

SCENE IV.

PTOLOMEE, PHOTIN.

IAY suiuy tes conseils, mais plus ie l'ay flattée,
Et plus dans l'insolence elle s'est emportée ;
Si bien qu'en fin outré de tant d'indignitez
Ie m'allois emporter dans les extremitez,
Mon bras dont ses mespris forçoient la retenuë
N'eust plus consideré Cæsar ny sa venuë
Et l'eust mise en estat malgré tout son appuy
De se plaindre à Pompée auparauant qu'à luy.
L'arrogante, à l'oüyr elle est desia ma Reine,
Et si Cesar en croit son orgueil & sa haine,
Si, comme elle s'en vante, elle est son cher objet,
De son frere & son Roy, ie deuiens son sujet.
Non, non, preuenons la, c'est foiblesse d'attendre
Le mal qu'on voit venir sans pouuoir s'en defendre.
Ostons-luy les moyens de nous plus desdaigner,
Ostons-luy les moyens de plaire & de regner,
Et ne permettons pas qu'apres tant de brauades,
Mon Sceptre soit le prix d'vne de ses œillades.

PHOTIN.

Sire, ne donnez point de pretexte à Cesar
Pour attacher l'Egypte aux pompes de son char,
Ce cœur ambitieux qui par toute la terre
Ne cherche qu'à porter l'esclauage & la guerre,

Enflé

Enflé de sa victoire & des ressentimens
Qu'vne perte pareille imprime aux vrais amans,
Quoy que vous ne rendiez que iustice à vous-mesme,
Prendroit l'occasion de vanger ce qu'il ayme,
Et pour s'assujettir & vos Estats & vous,
Imputeroit à crime vn si iuste couroux.

PTOLOMEE.

Si Cleopatre vit, s'il la voit, elle est Reine.

PHOTIN.

Si Cleopatre meure, vostre perte est certaine,

PTOLOMEE.

Ie perdray qui me perd ne pouuant me sauuer.

PHOTIN.

Pour la perdre auec ioye il faut vous conseruer.

PTOLOMEE.

Quoy? pour voir sur sa teste esclater ma Couronne?
Sceptre s'il faut enfin que ma main t'abandonne,
Passe, passe plustost en celle du vainqueur.

PHOTIN.

Vous l'arracherez mieux de celle d'vne sœur.
Quelques feux que d'abord il luy face paroistre,
Il partira bien-tost, & vous serez le maistre,
L'amour à ses pareils ne donne point d'ardeur
Qui ne cede aisément aux soins de leur grandeur;
Il voit encor l'Afrique & l'Espagne occupées
Par Iuba, Scipion & les ieunes Pompées,
Et le monde à ses loix n'est point assujetty.
Tant qu'il verra durer ces restes du party.
Au sortir de Pharsale vn si grand Capitaine
Sçauroit mal son mestier s'il laissoit prendre haleine,
Et s'il donnoit loisir à des cœurs si hardis
De releuer du coup dont ils sont estourdis.
S'il les vainc, s'il paruient où son desir aspire,

Il faut qu'il aille à Rome establir son Empire,
Ioüyr de sa fortune, & de son attentat,
Et changer à son gré la forme de l'Estat.
Iugez durant ce temps ce que vous pourez faire,
Sire, voyez Cesar, forcez-vous à luy plaire,
Et luy deferant tout, veüillez vous souuenir,
Que les euenemens regleront l'aduenir.
Remettez en ses mains Trosne, Sceptre, Couronne,
Et sans en murmurer souffrez qu'il en ordonne,
Il en croira sans doute ordonner iustement
Et suiuant du feu Roy l'ordre & le testament;
L'importance d'ailleurs de ce dernier seruice
Ne permet pas d'en craindre vne entiere injustice:
Quoy qu'il en face enfin, feignez d'y consentir,
Loüez son iugement & le laissez partir.
Apres, quand nous verrons le temps propre aux vengeances,
Nous aurons & la force & les intelligences;
Iusques là reprimez ces transports violens
Qu'excitent d'vne sœur les mespris insolens,
Les brauades enfin sont des discours friuoles,
Et qui songe aux effets, neglige les paroles.

PTOLOMEE.

Ah! tu me rends la vie & le sceptre à la fois,
Vn sage Conseiller est le bon-heur des Rois,
Cher appuy de mon throsne, allons sans plus attendre
Offrir tout à Cesar afin de tout reprendre,
Et pour vaincre d'honneurs son absolu pouuoir
Auec toute ma flotte allons le receuoir.

Fin du second Acte.

ACTE

ACTE III.

SCENE PREMIERE.

CHARMION, ACHOREE.

CHARMION.

Vy, tandis que le Roy va luy mesme en personne
Iusqu'aux pieds de Cesar prosterner sa Couronne
Cleopatre s'enferme en son appartement,
Et sans s'en esmouuoir attend son compliment;
Comment nommerez-vous vne humeur si hautaine?

ACHOREE.

Vn orgueil noble & iuste, & digne d'vne Reyne
Qui soustient auec cœur & magnanimité
L'honneur de sa naissance & de sa dignité.
Luy pourray-ie parler?

CHARMION.

Non, mais elle m'enuoye
Sçauoir à cét abord ce qu'on à veu de ioye,
Ce qu'à ce beau present Cesar a tesmoigné,
S'il en a rendu grace, ou s'il l'a desdaigné,
S'il traite auec douceur, s'il traite auec Empire,
Ce qu'à nos assassins enfin il à peu dire.

ACHOREE.

La teste de Pompée a produit des effets
Dont ils n'ont pas sujet d'estre fort satisfaits,
Ie ne sçay si Cesar prendroit plaisir à feindre,
Mais pour eux, iusqu'icy ie trouue lieu de craindre;

S'ils

S'ils aymoient Ptolomée, ils l'ont fort mal seruy.
Vous l'auez veu partir, & moy ie l'ay suiuy,
Ses vaisseaux en bon ordre ont esloigné la ville,
Et pour joindre Cesar n'ont auancé qu'vn mille,
Il venoit à plein voile, & si dans les hazards
Il esprouua tousiours la faueur de son Mars,
Sa flotte qu'à l'enuy fauorisoit Neptune
Auoit le vent en poupe ainsi que sa fortune.
Dés le premier abord nostre Prince estonné
Ne s'est plus souuenu de son front couronné,
Sa frayeur a paru sous sa fausse allegresse,
Toutes ses actions ont senty la bassesse,
I'en ay rougy moy mesme, & me suis plaint à moy
De voir là Ptolomée & n'y voir point de Roy,
Et Cesar qui lisoit sa peur sur son visage
Le flattoit par pitié pour luy donner courage.
Luy d'vne voix tombante offrant ce don fatal,
Seigneur, vous n'auez plus, luy dit-il, de riual,
Ce que n'ont peu les Dieux dans vostre Thessalie,
Ie vay mettre en vos mains Pompée, & Cornelie,
En voicy desia l'vn, & pour l'autre, elle fuit,
Mais auec six vaisseaux vn des miens la poursuit,
A ces mots Achillas descouure cette teste,
Il semble qu'à parler encor elle s'appreste,
Qu'à ce nouuel affront vn reste de chaleur
En sanglots mal formez exhale sa douleur,
Sa bouche encor ouuerte & sa veuë esgarée
R'appellent sa grande ame à peine separée,
Et son couroux mourant fait vn dernier effort
Pour reprocher aux Dieux sa defaite & sa mort.
Cesar à cét aspect comme frappé du foudre,
Et comme ne sçachant que croire, ou que resoudre.
Immobile, & les yeux sur l'objet attachez
Nous tient assez long-temps ses sentimens cachez,

Et

Et ie diray, si i'ose en faire conjecture
Que par vn mouuement commun à la nature
Quelque maligne ioye en son cœur s'esleuoit
Dont sa gloire indignée à peine le sauuoit.
L'aise de voir la terre à son pouuoir soumise
Chatoüilloit malgré luy son ame auec surprise,
Et de cette douceur son esprit combatu
Auec vn peu d'effort r'asseuroit sa vertu.
S'il ayme sa grandeur, il hait la perfidie,
Il se iuge en autruy, se taste, s'estudie,
Consulte à sa raison sa ioye & ses douleurs,
Examine, choisit, laisse couler des pleurs
Et forçant sa vertu d'estre encor la maistresse,
Se monstre genereux par vn trait de foiblesse.
En suite il fait oster ce present de ses yeux,
Leue les mains ensemble & les regards aux Cieux,
Lasche deux ou trois mots contre cette insolence,
Puis tout triste & pensif il s'obstine au silence,
Et mesme à ses Romains ne daigne repartir
Que d'vn regard farouche & d'vn profond sou-
spir.
Enfin ayant pris terre auec trente cohortes
Il se saisit du port, il se saisit des portes,
Met des gardes par tout, & des ordres secrets,
Fait voir sa deffiance ainsi que ses regrets,
Parle d'Egypte en maistre, & de son adversaire
Non plus comme ennemy, mais comme son
beau pere.
Voila ce que i'ay veu.

CHARMION.

Voila ce qu'attendoit,
Ce qu'au iuste Osiris la Reyne demandoit:
Ie vay bien la rauir auec cette nouuelle,
Vous, continuez-luy ce seruice fidelle.

ACHOREE.

Qu'elle n'en doute point: Mais Cesar vient, allez,
Peignez-luy bien nos gens pasles & desolez,
Et moy, soit que l'issuë en soit douce, ou funeste,
I'iray l'entretenir quand i'auray veule reste.

SCENE II.

CESAR, PTOLOMEE,
LEPIDE, PHOTIN,
ACHOREE,
Soldats Romains, Soldats Egyptiens.

PTOLOMEE.

SEigneur, mõtez au Trosne, & commandez icy.

CESAR.

Cognoissez vous Cesar de luy parler ainsi?
Que m'offriroit de pis la fortune ennemie,
A moy qui tiens le Trosne esgal à l'infamie?
Certes Rome à ce coup pourroit bien se vanter
D'auoir eu iuste lieu de me persecuter,
Elle qui d'vn mesme œil les dõne & les dédaigne?
Qui ne voit rien aux Rois qu'elle ayme ou qu'elle craigne,
Et qui verse en nos cœurs auec l'ame & le sang
Et la haine du nom, & le mespris du rang.
C'est ce que de Pompée il vous falloit apprendre,
S'il en eust aymé l'offre, il eust sçeu s'en defendre,
Et le Trosne & le Roy se seroient ennoblis
A soustenir la main qui les a restablis.
Vous eussiez peu tomber, mais tout couuert de gloire,
Vostre cheute eust valu la plus haute victoire,

Et

Et si vostre destin n'eust peu vous en sauuer,
Cesar eust pris plaisir à vous en releuer.
Vous n'auez peu former vne si noble enuie;
Mais quel droit auiez vous sur cette illustre vie ?
Que vous deuoit son sang pour y tremper vos mains,
Vous qui deuez respect au moindre des Romains ?
Ay-ie vancu pour vous dans les champs de Pharsale :
Et par vne victoire aux vaincus trop fatale
Vous ayie acquis sur eux en ce dernier effort
La puissance absoluë & de vie & de mort ?
Moy qui n'ay iamais peu la souffrir à Pompée,
La souffriray-je en vous sur luy mesme vsurpée,
Et que de mon bon-heur vous ayez abusé
Iusqu'à plus attenter que ie n'aurois osé ?
De quel nom apres tout pensez-vous que ie nõme
Ce coup où vous tranchez du souuerain de Rome,
Et qui sur vn seul Chef luy fait bien plus d'affront
Que sur tant de milliers ne fit le Roy de Pont ?
Pensez vous que i'ignore ou que ie dissimule
Que vous n'auriez pas eu pour moy plus de scrupule,
Et que s'il eust vaincu, vostre esprit complaisant
Luy faisoit de ma teste vn semblable present ?
Graces à ma victoire on me rend des hommages
Ou ma fuite eust receu toutes sortes d'outrages,
Au vainqueur, non à moy, vous faites tout l'honneur,
Si Cesar en ioüit, ce n'est que par bon-heur,
Amitié dangereuse, & redoutable zele
Que regle la Fortune & qui tourne auec elle.
Mais parlez, c'est trop estre interdit & confus.

PTOLOMEE.

Ie le suis, il est vray si iamais ie le fus,
Et vous mesme aduoüerez que i'ay suiet de l'estre,

Estran-

Estant né Souuerain, ie vois icy mon maistre:
Icy dis-ie, où ma Cour tremble en me regardant,
Où ie n'ay point encor agy qu'en commandant,
Ie vois vne autre Cour, soubs vne autre puissance,
Et ne puis plus agir qu'auec obeïssance.
De vostre seul aspect ie me suis veu surpris,
Iugez si vos discours me rendent mes esprits,
Iugez par quels moyens ie puis sortir d'un trouble
Que forme le respect, que la crainte redouble,
Et ce que vous peut dire vn Prince espouanté.
De voir tant de colere & tant de Maiesté,
Dans ces estonnemens dont mon ame est frappée
De rencontrer en vous le vangeur de Pompée,
Il me souuient pourtant que s'il fut nostre appuy
Nous vous deûmes déslors autant & plus qu'à luy;
Vostre faueur pour nous esclata la premiere,
Tout ce qu'il fit apres fut à vostre priere,
Il esmeut le Senat pour des Rois outragez
Que sans cette priere il auroit negligez;
Mais de ce grand Senat les saintes ordonnances
Eussent peu fait pour nous, Seigneur, sans vos finances,
Par là de nos mutins le feu Roy vint à bout,
Et pour en bien parler nous vous deuons le tout:
Nous auons honoré vostre amy, vostre gendre,
Iusqu'à ce qu'à vous mesme il ait osé se prendre:
Mais voyant son pouuoir de vos succez ialoux
Passer en tyrannie & s'armer contre vous...

CESAR.

Tout-beau, que vostre haine en son sang assouuie
N'aille point à sa gloire, il suffit de sa vie,
N'auancez rien icy que Rome ose nier,
Et iustifiez vous sans le calomnier.

PTO-

PTOLOMEE.

Ie laiſſe donc aux Dieux à iuger ſes penſées,
Et diray ſeulement qu'en vos guerres paſſées,
Où vous fuſtes forcé par tant d'indignitez
Tous nous vœux ont eſté par vos proſperitez :
Que comme il vous traitoit en mortel adverſaire.
I'ay creu ſa mort pour vous vn malheur neceſſaire,
Et que ſa haine iniuſte augmentant tous les iours
Iuſques dans les Enfers chercheroit du ſecours,
Ou qu'en fin, s'il tomboit deſſous voſtre puiſſance,
Il nous falloit pour vous craindre voſtre clemẽce,
Et que le ſentiment d'vn cœur trop genereux
Vſant mal de vos droits vous rendiſt malheureux,
I'ay donc conſideré qu'en ce peril extreme
Nous vous deuions, Seigneur, ſeruir malgré vous meſme,
Et ſans attendre d'ordre en cette occaſion,
Mon zele ardant l'a priſe à ma confuſion.
Vous m'en deſauoüez, vous l'imputez à crime,
Mais pour ſeruir Ceſar rien n'eſt illegitime,
I'en ay ſaüillé mes mains pour vous en preſeruer,
Vous pouuez en ioüir & le deſapprouuer,
Et i'ay plus fait pour vous, plus l'action eſt noire,
Puiſque c'eſt d'autant plus vous immoler ma gloire,
Et que ce ſacrifice offert par mon deuoir
Vous aſſeure la voſtre auec voſtre pouuoir.

CESAR.

Vous cherchez, Ptolomée, auecque trop de ruſes:
De mauuaiſes couleurs & de froides excuſes.
Voſtre zele eſtoit faux ſi ſeul il redoutoit
Ce que le monde entier à plains vœux ſouhaittoit,
Et s'il vous a donné ces craintes trop ſubtiles
Qui m'oſtent tout le fruit de nos guerres ciuiles,

Où l'honneur seul m'engage, & que pour terminer
Ie ne veux que celluy de vaincre & pardonner.
Ou mes plus dãgereux & plus grands adversaires,
Si tost qu'ils sont vaincus ne sont plus que mes freres
Et mon ambition ne va qu'à les forcer
Ayant dompté leur haine à vaincre & m'embrasser,
O combien d'allegresse vne si triste guerre
Auroit elle laissé dessus toute la terre
Si l'on voyoit marcher dessus vn mesme char
Vainqueurs de leur discorde & Pompée & Cesar,
Voilà ces grands malheurs que craignoit vostre zele,
O crainte ridicule autant que criminelle!
Vous craignez ma clemence! ah! n'ayez plus ce soin,
Souhaitez la plustost, vous en auez besoin:
Si ie n'auois esgard qu'aux loix de la iustice
Ie m'appaiserois Rome auec vostre supplice,
Sans que ny vos respects, ny vostre repétir,
Ny vostre dignité vous en peust garantir,
Vostre Trosne luy mesme en seroit le Theatre;
Mais voulant espargner le sang de Cleopatre,
I'impute à vos flatteurs toute la trahison,
Et ie veux voir comment vous m'en ferez raison.
Suiuant les sentimens dont vous serez capable
Ie sçauray vous tenir innocent, ou coupable.
Cependant à Pompée esleuez des Autels,
Rendez luy les honneurs qu'on rend aux Immortels,
Par vn prompt sacrifice expiez tous vos crimes,
Et sur tout, pensez bien aux choix de vos victimes.
Allez y donner ordre, & me laissez icy
Entretenir les miens sur quelque autre soucy.

Antoine sort sur le Theatre

SCE-

SCENE III.

CESAR, ANTOINE, LEPIDE.

CESAR.

ANtoine, auez-vous veu cette Reine adorable?

ANTOINE.

Ie l'ay veuë, ô Cesar, elle est incomparable,
Le Ciel n'a point encor par de si doux accords
Vny tant de vertus aux graces d'vn beau corps
Vne Maiesté douce espand sur son visage
Dequoy s'assuiettir le plus noble courage.
Ses yeux sçauent rauir, son discours sçait charmer,
Et si i'estois Cesar ie la voudrois aymer.

CESAR.

Comme à-t'elle receu les offres de ma flâme?

ANTOINE.

Comme n'osant la croire & la croyãt dans l'ame,
Par vn refus modeste & fait pour inuiter
Elle s'en dit indigne & la croit meriter.

CESAR.

En pourray-ie estre aymé?

ANTOINE.

Douter qu'elle vous ayme,
Elle qui de vous seul attend son Diadéme,
Qui n'espere qu'en vous! Douter de ses ardeurs
Vous qui la pouuez mettre au faiste des grãdeurs!
Que vostre amour sans crainte à son amour pretende,
Au vainqueur de Pompée il faut que tout se rende,
Et vous l'esprouuerez. Elle craint toutefois

L'or-

L'ordinaire mespris que Rome fait des Rois,
Et sur tout elle craint l'amour de Calpurnie;
Mais l'vne & l'autre crainte à vostre aspect
bannie,
Vous ferez succeder vn espoir assez doux
Lors que vous daignerez luy dire vn mot pour
vous.

CESAR.

Allons donc l'affranchir de ces friuoles craintes,
Luy monstrer de mon cœur les sensibles atteintes,
Allons, ne tardons plus.

ANTOINE.

Auant que de la voir,
Sçachez que Cornelie est en vostre pouuoir
Septime vous l'amene orgueilleux de son crime,
Et pense aupres de vous se mettre en haute estime,
Si tost qu'ils ont pris port, vos Chefs par vous in-
struits
Sans leur rien tesmoigner les ont icy conduits.

CESAR.

Qu'elle entre. Ah importune & fascheuse nou-
uelle!
Qu'à mon impatience elle semble cruelle!
O Ciel! & ne pourray-ie enfin à mon amour
Donner en liberté ce qui reste du iour?

SCENE

SCENE IV.

CESAR, CORNELIE, ANTOINE, LEPIDE, SEPTIME.

SEPTIME.

Seigneur, ...

CESAR.

Allez, Septime, allez vers vostre maistre,
Cesar ne peut souffrir la presence d'vn traistre,
D'vn Romain lasche assez pour seruir sous vn Roy *Septime r'entre.*
Apres auoir seruy sous Pompée, & sous moy.

CORNELIE.

Cesar, car le destin qui m'outre & que ie braue
Me fait ta prisonniere & non pas ton esclaue,
Et tu ne pretends pas qu'il m'abate le cœur
Iusqu'à te rendre hommage & te nommer Seigneur;
De quelque rude trait qu'il m'ose auoir frappée,
Vefue du ieune Crasse, & vefue de Pompée,
Fille de Scipion, & pour dire encor plus,
Romaine, mon courage est encor au dessus,
Et de tous les assauts que sa rigueur me liure
Rien ne me fait rougir que la honte de viure.
I'ay veu mourir Pompée, & ne l'ay pas suiuy,
Et bien que le moyen m'en aye esté rauy,
Qu'vne pitié cruelle à mes douleurs profondes
M'aye osté le secours & du fer & des ondes,
Ie dois rougir pourtant apres vn tel mal heur
De n'auoir peu mourir d'vn excez de douleur.

Ma mort estoit ma gloire, & le destin m'en priue
Pour croistre mes malheurs & me voir ta captiue,
Encore ay-je sujet de rendre grace aux Dieux
De ce qu'en arriuant ie te trouue en ces lieux,
Que Cesar y commande, & non pas Ptolomée.
Helas ! & sous quel astre, ô Ciel, m'as-tu formée,
Si ie dois grace aux Dieux de ce qu'ils ont permis
Que ie rencontre icy mes plus grands ennemis,
Et tombe entre leurs mains plustost qu'aux mains d'vn Prince
Qui doit à mõ espoux son Throsne & sa Prouince?
Cesar, de ta victoire escoute moins le bruit,
Elle n'est que l'effet du malheur qui me suit,
Ie l'ay porté pour dot chez Pompée & chez Crasse,
Deux fois du monde entier i'ay causé la disgrace,
Deux fois de mon Hymen le nœud mal assorty
A chassé tous les Dieux du plus iuste party:
Heureuse en mes malheurs, si ce triste Hymenée
Pour le bon-heur de Rome à Cesar m'eust donnée,
Et si i'eusse auec moy porté dans ta maison
D'vn astre enuenimé l'inuicible poison.
Car enfin n'attends pas que i'abaisse ma haine,
Ie te l'ay desia dit, Cesar, ie suis Romaine,
Et quoy que ta captiue, vn cœur comme le mien
De peur de s'oublier ne te demande rien.
Ordonne, & sans vouloir qu'il tremble, ou s'humilie,
Souuien-toy seulement que ie suis Cornelie.

CESAR.

O d'vn illustre espoux noble & digne moitié,
Dont le courage estonne, & le sort fait pitié!
Certes vos sentimens font assez reconnoistre
Qui vous donna la main, & qui vous donna l'estre,

Et

Et l'on iuge aiſément au cœur que vous portez
Où vous eſtes entrée & de qui vous ſortez.
L'ame du ieune Craſſe, & celle de Pompée,
L'vne & l'autre vertu par le malheur trompée,
Le ſang des Scipions protecteur de nos Dieux
Parlent par voſtre bouche & brillent dans vos yeux,
Et Rome dans ſes murs ne voit point de famille
Qui ſoit plus honorée ou de femme, ou de fille
Pleuſt au grand Iupiter, pleuſt à ces meſmes Dieux
Qu'Annibal euſt braué iadis ſans vos ayeux,
Que ce Heros ſi cher dont le Ciel vous ſepare
N'euſt pas ſi mal cogneu la Cour d'vn Roy Barbare,
Ny mieux aymé tenter vne incertaine foy
Que la vieille amitié qu'il euſt trouuée en moy :
Qu'il euſt voulu ſouffrir qu'vn bonheur de mes armes :
Euſt vaincu ſes ſoupçons, diſſipé ſes alarmes,
Et qu'enfin m'attendant ſans plus ſe deffier
Il m'euſt donné moyen de me iuſtifier.
Alors foulant aux pieds la Diſcorde & l'Enuie
Ie l'euſſe conjuré de ſe donner la vie,
D'oublier ma victoire, & d'aymer vn riual
Heureux d'auoir vaincu pour viure ſon eſgal,
Alors l'eſprit content & l'ame ſatisfaite
Ie l'euſſe fait aux Dieux pardonner ſa defaite,
Il euſt fait à ſon tour en me rendant ſon cœur,
Que Rome euſt pardõné la victoire au vainqueur,
Mais puiſque par ſa perte à iamais ſans ſeconde
Le ſort a deſrobé cette allegreſſe au monde,
Ceſar s'efforcéra de s'acquiter vers vous
De ce qu'il voudroit rendre à cét illuſtre Eſpoux.
Prenez donc en ces lieux liberté toute entiere,
Seulement pour deux iours ſoyez ma priſonniere,

Afin d'estre tesmoin comme apres nos debats
Ie cheris sa memoire & vange son trespas,
Et de pouuoir apprendre à toute l'Italie
De quel orgueil nouueau m'enfle la Thessalie.
Ie vous laisse à vous mesme, & vous quitte vn moment
Choisissez luy, Lepide, vn digne appartement,
Et qu'on l'honore icy mais en Dame Romaine,
C'est à dire, vn peu plus qu'on n'honore la Reyne.
Commandez, & chacun aura soin d'obeyr.

CORNELIE.

O Ciel! que de vertus vous me faites hayr.

Fin du troisieme Acte.

ACTE

ACTE IV.

SCENE PREMIERE.

PTOLOMEE, ACHILLAS, PHOTIN.

PTOLOMEE.

Voy! de la mesme main de la mesme espée
Dont il vient d'immoler le malheureux Pompée:
Septime par Cesar indignement chassé
Dans vn tel desespoir a vos yeux a passé!

ACHILLAS.

Il est mort, & mourant, Sire, il vous doit apprendre
La honte qu'il preuient & quil vous faut attendre
Iugez Cesar vous mesme à ce couroux si lent,
Vn momét pousse & rompt vn transport violent,
Mais l'indignation qu'on prend auec estude
Augmente auec le temps, & porte vn coup plus rude:
Ainsi n'esperez pas de le voir moderé,
Par adresse il se fasche apres s'estre asseuré,
Sa puissance establit, il a soin de sa gloire,
Il poursuiuoit Pompée, & cherit sa memoire,
Et veut tirer à soy par vn couroux accort
L'honneur de sa vangeance & le fruict de sa mort.

PTOLOMEE.

Ah! si ie t'auois crû ie n'aurois pas de maistre,
Ie serois dans le Throne où le Ciel m'a fait naistre,

Mais

Mais c'est vn impudence assez commune aux Rois
D'escouter trop d'aduis & se tromper au choix.
Le destin les aueugle au bort du precipice,
Ou si quelque lumiere en leur ame se glisse,
Cette fausse clarté dont il les esbloüit
Les plonge dans vn goufre, & puis s'esuanoüit.

PHOTIN.

I'ay mal cognû Cesar, mais puisqu'en son estime
Vn si rare seruice est vn enorme crime,
Sire, il porte en son flanc dequoy nous en lauer,
C'est là qu'est nostre grace, il nous l'y faut trouuer:
Ie ne vous parle plus de soufrir sans murmure,
D'attendre son depart pour vanger cette injure,
Ie sçay mieux conformer les remedes au mal;
Iustifions sur luy la mort de son riual,
Et nostre main alors également trempée
Et du sang de Cesar & du sang de Pompée,
Rome, sans leur donner de tiltres differents,
Se croira par vous seul libre de deux tyrans.

PTOLOMEE.

Oüy, oüy, ton sentiment en fin est veritable,
C'est trop craindre celuy que i'ay fait redoutable,
Monstrons que sa fortune est l'œuure de nos mains,
Deux fois en mesme jour disposons des Romains,
Faisons leur liberté comme leur esclauage,
Cesar, que tes exploits n'enflent plus ton courage,
Considere les miens, tes yeux en sont tesmoins.
Pompée estoit mortel & tu ne l'es pas moins.
Il pouuoit plus que toy, tu luy portois enuie,
Tu n'as, non plus que luy, qu'vne ame & qu'vne vie,
Et son sort que tu plains te doit faire penser
Que ton cœur est sensible & qu'on le peut percer.

Tonne,

Tonne, tonne à ton gré, fay peur de ta iustice,
C'est à moy d'appaiser Rome par ton supplice,
C'est à moy de punir ta cruelle douceur
Qui n'espargne en vn Roy que le sang de sa sœur,
Et n'abandonner pas ma vie & ma puissance
Au hazard de sa hayne, ou de ton inconstance,
Ny souffrir que demain tu puisses à ce prix
Recompenser sa flâme, ou punir ses mespris.
I'employray contre toy de plus nobles maximes,
Tu m'as perscript tantost de choisir des victimes,
De bien penser au choix, i'obeis & ie voy
Que ie n'en puis choisir de plus dignes que toy,
Ny dont le sang offert, la fumée & la cendre,
Puissent mieux satisfaire aux Manes de ton gendre.
Mais ce n'est pas assez, amis, de s'irriter,
Il faut voir quels moyens on à d'excuter,
Toute cette chaleur est peut-estre inutile,
Les soldats du tyran sont maistres de la ville,
Que pouuons nous contre eux, & pour les preuenir
Quel temps deuons-nous prendre, & quel ordre tenir?

ACHILLAS.

Nous pouuons beaucoup, Sire, en l'estat où nous sommes,
A deux milles d'icy vous auez six mille hommes
Que depuis quelques iours craignant des remuments
Ie faisois tenir prests à tous euenements.
Quelques soins qu'ait Cesar, sa prudence est deceuë,
Cette ville a sous terre vne secrette issuë,
Par où fort aysement on les peut cette nuit
Iusques dans le Palais introduire sans bruit:
Car contre sa fortune aller à force ouuerte,

Ce seroit trop courir vous mesme à vostre perte,
Il nous le faut surprendre au milieu du festin,
Enyuré des douceurs de l'amour & du vin.
Tout le peuple est pour nous, tantost à son entrée
I'ay remarqué l'horreur qu'il a soudain mõstrée,
Lors qu'auec tant de fast il a veu ses vaiseaux
Marcher arrogamment & brauer nos drapeaux.
Au spectacle insolent de ce pompeux outrage
Ses farouches regards estinceloient de rage,
Ie voyois sa fureur à peine se dompter,
Et pour peu qu'on le pousse, il est prest d'esclater.
Mais sur tout, les Romains que commandoit Septime,
Pressez de la terreur que sa mort leur imprime,
Ne cherchent qu à vanger par vn coup genereux
Le mespris qu'en leur Chef ce superbe a fait d'eux.

PTOLOMEE.

Mais qui pourra de nous approcher sa personne,
Si durant le festin sa garde l'enuironne?

PHOTIN.

Les gens de Cornelie, entre qui vos Romains
Ont desia recognû des freres, des germains,
Dont l'aspre desplaisir leur a laissé paroistre
Vne soif d'immoler leur tyran à leur maistre.
Ils ont donné parole, & peuuent mieux que nous
Dans les flancs de Cesar porter les premiers coups.
Son faux art de clemence, ou plustost sa folie
Qui pense gagner Rome en flattant Cornelie
Leur donnera sans doute vn assez libre accez
Pour de ce grand dessein asseurer le succez,
Mais voicy Cleopatre, agissez auec fainte,
Sire, & ne luy montrez que foiblesse & que crainte,
Nous allons vous quitter, comme obiects odieux
Dont l'aspect importun offenceroit ses yeux.

PTO-

PTOLOMEE.

Allez, ie vous rejoins.

SCENE II.

PTOLOMEE, CLEOPATRE, ACHOREE, CHARMION.

CLEOPATRE.

I'Ay veu Cesar, mon frere,
Et de tout mon pouuoir combatu sa colere.

PTOLOMEE.

Vous estes genereuse, & i'auois attendu
Cette office de sœur que vous m'auez rendu;
Mais cét illustre amant vous a bien-tost quittée.

CLEOPATRE.

Sur quelque broüillerie en la ville excitée
Il a voulu luy mesme appaiser les debats
Qu'auec nos citoyens ont pris quelques soldats,
Et moy, i'ay bien voulu moy-mesme vous redire
Que vous ne craigniez rien pour vous ny vostre Empire,
Et que le grand Cesar blasme vostre action
Auec moins de couroux que de compassion.
Il vous plaint d'escouter ces laches Politiques
Qui n'inspirent aux Rois que des mœurs tyranniques,
Ainsi que la naissance ils ont les esprits bas,
En vain on les esleue à regir des Estats,
Vn cœur né pour seruir sçait mal comme on commande,
Sa puissance l'accable alors qu'elle est trop grande,
Et sa main que le crime en vain fait redouter
Laisse choir le fardeau qu'elle ne peut porter.

PTOLOMEE.

Vous dites vray, ma sœur, & ces effets sinistres
Me font bien voir ma faute au choix de mes Ministres.
Si i'auois escouté de plus nobles conseils,
Ie viurois dans la gloire où viuent mes pareils,
Ie meriterois mieux cette amitié si pure
Que pour vn frere ingrat vous donne la nature,
Cesar embrasseroit Pompée en ce Palais,
Nostre Egypte à la terre auroit rendu la paix,
Et verroit son Monarque encor à iuste tiltre,
Amy de tous les deux, & peut estre l'arbitre.
Mais puisque le passé ne se peut reuoquer,
Trouuez bon qu'auec vous mon cœur s'ose expliquer.
Ie vous ay mal traitée, & vous estes si bonne
Que vous me conseruez la vie & la Couronne;
Vainquez vous tout à fait & par vn digne effort
Arrachez Achillas & Photin à la mort.
Elle leur est bien deuë, ils vous ont offencée;
Mais ma gloire en leur perte est trop interessée,
Si Cesar les punit des crimes de leur Roy,
Toute l'ignominie en reiallit sur moy,
Il me punit en eux, leur supplice est ma peine :
Forcez en ma faueur vne trop iuste haine,
Dequoy peut satisfaire vn cœur si genereux
Le sang abiect & vil de ces deux malheureux ?
Que ie vous doiue tout, Cesar cherche à vous plaire,
Vous pouuez d'vn coup d'œil desarmer sa cholere;

CLEOPATRE.

Si i'auois en mes mains leur vie & leur trespas,
Ie les mesprise assez pour ne m'en vanger pas,
Mais sur le grand Cesar ie puis fort peu de chose
Quand le sang de Pompée à mes desirs s'oppose.
Ie

Ie ne me vante pas de le pouuoir flefchir,
I'en ay defia parlé, mais il a fceu gauchir,
Et tournant le difcours fur vne autre matiere
Il n'a ny refufé, ny fouffert ma priere:
Ie veux bien toutefois encor m'y hazarder,
Mes efforts redoublez pourront mieux fucceder.
Et i'ofe croire. . . . .

PTOLOMEE.

Il vient, fouffiez que ie l'éuite,
Ie crains que de nouueau ma prefence l'irrite,
Elle pourroit l'aigrir au lieu de l'efmouuoir,
Et vous agirez feule auec plus de pouuoir.

SCENE III.

CESAR, CLEOPATRE,
ANTOINE, LEPIDE,
CHARMION,
ACHOREE,
Romains.

CESAR.

Reyne, tout eft paifible & la ville calmée
Qu'vn trouble affez leger auoit trop alarmée
N'a plus à redouter le diuorce inteftin
Du foldat infolent & du peuple mutin.
Mais, ô Dieux! ce moment que ie vous ay quittée
D'vn trouble bien plus grand a mon ame agitée,
Et ces foins importuns qui m'arrachoiét de vous
Contre ma grandeur mefme allumoient mon courroux,
Ie luy voulois du mal de m'eftre fi contraire,
De rendre ma prefence ailleurs fi neceffaire,
Mais ie luy pardonnois au fimple fouuenir
Du bon-heur qu'à ma flâme elle fait obtenir.

C'eft

C'est elle dont ie tiens ceste haute esperance
Qui flatte mes desirs d'vne illustre apparence.
Et fait croire à Cesar qu'il peut former des vœux
Qu'il n'est pas tout à fait indigne de vos feux,
Et qu'il en peut pretendre vne iuste conqueste
N'ayant plus que les Dieux au dessus de sa teste.
Oüy, Reyne, quelqu'vn dans ce vaste Vniuers
Pouuoit porter plus haut la gloire de vos fers,
S'il estoit quelque Trône où vous peussiez paroistre
Plus hautement assise en captiuant son maistre,
I'irois, j'irois à luy, moins pour le luy rauir,
Que pour luy disputer le droit de vous seruir,
Et ie n'aspirerois au bon-heur de vous plaire
Qu'apres auoir mis bas vn si digne aduersaire.
C'estoit pour acquerir vn droit si precieux
Que combattoit par tout mon bras ambitieux,
Et dans Pharsale mesme il a tiré l'espée
Plus pour le conseruer que pour vaincre Pompée;
Ie l'ay vaincu, Princesse, & le Dieu des combats
M'y fauorisoit moins que vos diuins appas,
Ils conduisoient ma main, ils enfloient mon courage,
Ceste pleine victoire est leur dernier ouurage,
C'est l'effet des ardeurs qu'ils daignoient m'inspirer,
Et vos beaux yeux enfin m'ayant fait souspirer,
Pour faire que vostre ame auec gloire y responde,
M'ont rẽdu le premier & de Rome & du Monde.
C'est ce glorieux tiltre à present effectif
Que ie viens annoblir par celuy de captif,
Heureux, si mon esprit gaigne tant sur le vostre,
Qu'il en estime l'vn & me permette l'autre.

CLEO.

CLEOPATRE.

Ie sçay ce que ie dois au souuerain bon-heur
Dont me comble & m'accable vn tel excez d'honneur,
Ie ne vous tiendray plus mes passions secrettes,
Ie sçay ce que ie suis, ie sçay ce que vous estes,
Vous daignastes m'aymer dés mes plus jeunes ans,
Le Sceptre que ie porte est vn de vos presens,
Vous m'auez par deux fois rendu le Diadéme,
I'aduouë apres cela, Seigneur, que ie vous ayme,
Et que mon cœur n'est point à l'espreuue des traits
Ny de tant de vertus, ny de tant de bien faits.
Mais, helas ! ce haut rang, ceste illustre naissance,
Cét Estat de nouueau rangé sous ma puissance,
Ce Sceptre par vos mains dans le miennes remis,
A mes vœux innocens sont autant d'ennemis.
Ils allument contr'eux vne implacable hayne,
Ils me font mesprisable alors qu'ils me font Reyne,
Et si Rome est encor telle qu'auparauant
Le Thrône où ie me sieds m'abaisse en m'esleuant,
Et ces marques d'honneur, comme tiltres infames,
Me rendent à iamais indigne de vos flâmes.
I'ose encor toutefois voyant vostre pouuoir,
Permettre à mes desirs vn genereux espoir,
Apres tant de combats, ie sçay qu'vn si grand homme
A droit de triompher des caprices de Rome,
Et que l'injuste horreur qu'elle eut tousiours des Rois
Peut ceder par vostre ordre à de plus iustes loix ;
Ie sçay que vous pouuez forcer d'autres obstacles,
Vous me l'auez promis, & j'attens ces miracles,

Vostre

Voſtre bras dans Pharſale a fait de plus grands
coups,
Et ie ne les demande à d'autres Dieux qu'à vous.

CESAR.

Tout miracle eſt facile où mon amour s'applique,
Ie n'ay plus qu'à courir les coſtes de l'Affrique,
Qu'à monſtrer mes drapeaux au reſte eſpouuanté
Du party malheureux qui m'a perſecuté
Rome n'ayant plus lors d'ennemis à me faire
Par impuiſſance enfin prendra ſoin de me plaire,
Et vos yeux la verront par vn ſuperbe accueil
Immoler à vos pieds ſa hayne & ſon orgueil.
Encore vne defaite, & dans Alexandrie
Ie veux que cette ingrate en ma faueur vous prie,
Et qu'vn iuſte reſpect couduiſant ſes regards
A voſtre chaſte amour demande des Ceſars
C'eſt l'vnique bon-heur où mes deſirs pretendent,
C'eſt le fruict que i'attens des lauriers qui m'attendent.
Heureux, ſi mon deſtin encore vn peu plus doux
Me les faiſoit cueillir ſans m'eſloigner de vous.
Mais, las! contre mon feu mon feu me ſollicite,
Si ie veux eſtre à vous, il faut que ie vous quitte.
En quelques lieux qu'on fuye, il me faut y courir
Pour acheuer de vaincre & de vous conquerir.
Permettez cependant qu'à ces douces amorces
Ie prenne vn nouueau cœur, & de nouuelles
forces,
Pour faire dire encor aux peuples plains d'effroy
Que venir, voir, & vaincre, eſt meſme choſe
en moy.

CLEOPATRE.

C'eſt trop, c'eſt trop, Seigneur, ſouffrez que i'en
abuſe,
Voſtre amour fait ma faute, il fera mon excuſe.

Vous me rendez le Sceptre, & peut estre le iour:
Mais si i'ose abuser de cet excez d'amour.
Ie vous conjure encor par ses plus puissans charmes,
Par ce iuste bon heur qui suit tousiours vos armes,
Par tout ce que i'espere, & que vous attendez,
De n'ensanglanter pas ce que vous me rendez.
Faites grace, Seigneur, ou souffrez que i'en donne,
Et fasse voir par là que j'entre à la Couronne.
Achillas & Photin sont gens à desdaigner,
Ils sont assez punis en me voyant regner,
Et leur crime.....

CESAR.

Ah! prenez d'autres marques de Reyne,
Dessus mes volontez vous estes souueraine.
Mais si mes sentimens peuuent estre escoutez,
Choississez dez sujets dignes de vos bontez,
Ne vous donnez sur moy qu'vn pouuoir legitime
Et ne me rendez point complice de leur crime.
C'est beaucoup pour vous i'ose espargner le Roy,
Et si mes feux n'estoient....

SCENE IV.

CESAR, CORNELIE, CLEOPATRE, ACHOREE, ANTOINE, LEPIDE, CHARMION, Romains.

CORNELIE.

CEsar, pren garde à toy
Ta mort est resoluë, on la iure, on l'apreste,
A celle de Pompée on veut ioindre ta teste,

Prens

Prens y garde, Cesar ou ton sang respandu
Bien-tost parmy le sien se verra confondu,
Mes esclaues en sont, appren de leurs indices
L'autheur de l'attentat, & l'ordre, & les complices,
Ie te les abandonne.

CESAR.

O cœur vrayment Romain,
Et digne du Heros qui vous donna la main!
Ses Manes qui du Ciel ont veu de quel courage
Ie preparois la mienne à vanger son outrage,
Mettant leur haine bas me sauuent auiourd'huy
Par la moitié qu'en terre il a laissé de luy.
Quoy que la perfidie ait osé sur sa trame,
Il vit encore en vous, il agit dans vostre ame,
Il la pousse, & l'oppose à cette indignité,
Pour me vaincre par elle en generosité.

CORNELIE.

Tu te flattes, Cesar, de mettre en ta croyance
Que la hayne ait fait place à la reconnoissance,
Ne le presume plus, le sang de mon Espoux
A rompu pour iamais tout commerce entre nous,
I'attens la liberté qu'icy tu m'as offerte,
Afin de l'employer toute entiere à ta perte,
Et ie te chercheray par tout des ennemis,
Si tu m'oses tenir ce que tu m'as promis.
Mais auec cette soif que i'ay de ta ruine,
Ie me iette au deuant du coup qui t'assassine,
Et forme des desirs auec trop de raison
Pour en aymer l'effect par vne trahison.
Qui la sçait, & la soufre, a part à l'infamie,
Si ie veux ton trespas, c'est en iuste ennemye,
Mon espoux a des fils, il aura des nepueux,
Quand ils te combattront, c'est là que ie le veux,
Et qu'vne digne main par moy mesme animée,

Dans

Dans ton chãp de bataille, aux yeux de ton armee
T'immole noblement & par vn digne effort
Aux Manes du Heros dont tu vanges la mort.
Tous mes ſoins, tous mes vœux haſtent cette vangeance,
Ta perte la récule, & ton ſalut l'auance,
Quelque eſpoir qui d'ailleurs me l'oſe, ou puiſſe offrir,
Ma iuſte impatience auroit trop à ſouffrir.
La vangeance eſloignée eſt à demy perduë,
Quand il la faut attendre elle eſt trop cher venduë,
Ie n'iray point chercher ſur les bords Afriquains
Le foudre puniſſeur que ie vois en tes mains,
La teſte qu'il menace en doit eſtre frappée;
I'ay peu donner la tienne au lieu d'elle à Pompée,
Ma haine auoit le choix, mais cette haine enfin
Separe ſon vainqueur d'auec ſon aſſaſſin,
Et me laiſſe encor voir qu'il y va de ma gloire
De punir ſon audace auant que ta victoire.
Rome le veut ainſi, ſon adorable front
Auroit de quoy rougir d'vn trop heureux affront,
De voir en meſme iour apres tant de conqueſtes
Sous vn indigne fer ſes deux plus nobles teſtes.
Son grand cœur qu'à tes loix en vain tu crois ſouſmis
Et veut aux criminels plus qu'à ſes ennemis,
Et tiendroit à malheur le bien de ſe voir libre
Si l'attentat du Nil affranchiſſoit le Tybre.
Comme autre qu'vn Romain n'a peû l'aſſujettir,
Autre auſſi qu'vn Romain ne l'en doit garantir.
Tu tomberois icy ſans eſtre ſa victime,
Au lieu d'vn chaſtiment ta mort ſeroit vn crime,
Et ſans que tes pareils en conceuſſent d'effroy
L'exemple que tu dois periroit auec toy.
Vange la de l'Egypte à ſon appuy fatale,
Et ie la vangeray, ſi ie puis, de Pharſale.

Va

Va, ne perds point de temps, il presse, Adieu tu peux
Te vanter qu'vne fois i'ay fait pour toy des vœux.

SCENE V.

CESAR, CLEOPATRE, ANTOINE, LEPIDE, ACHORE, CHARMION.

CESAR.

SOn courage m'estonne autant que leur audace,
Reyne, voyez pour qui vous me demandiez grace.

CLEOPATRE.

Ie n'ay rien à vous dire, allez, Seigneur, allez
Vanger sur les meschants tant de droits violez,
On m'en veut plus qu'à vous c'est ma mort qu'ils respirent,
C'est contre mon pouuoir que les traistres conspirent,
Leur rage pour l'abatre attaque mon soustien,
Et pour vostre trespas cherche vn passage au mien,
Mais parmy ces transports d'vne iuste colere
Ie ne puis oublier que leur Chef est mon frere,
Le sçaurez-vous, Seigneur, & pourray je obtenir
Que ce cœur irrité daigne s'en souuenir?

CESAR.

Oüy, ie me souiendray que ce cœur magnanime
Au bonheur de son sang veut pardoñer son crime.
Adieu, ne craignez rien, Achillas & Photin
Ne sont pas gens à vaincre vn si puissant destin,

Pour

Pour les mettre en déroute, eux, & tous leurs complices,
Ie n'ay qu'à desployer l'appareil des supplices,
Et pour soldats choisis enuoyer des bourreaux
Qui portent hautement mes haches pour drapeaux.

Cesar rentre auec les Romains.

CLEOPATRE.

Ne quittez pas Cesar, allez cher Achorée,
Repoussez auec luy ma mort qu'on a iurée,
Et quand il punira nos laches ennemis
Faites le souuenir de ce qu'il m'a promis,
Ayez l'œil sur le Roy dans la chaleur des armes,
Et conseruez son sang pour espargner mes larmes,

ACHOREE.

Madame, asseurez-vous qu'il ne peut y perir,
Si mon zele & mes soins le peuuent secourir.

Fin du quatriesme Acte.

ACTE

ACTE V.

SCENE PREMIERE.

CORNELIE,

tenant vne petite vrne en sa main,

PHILIPPE.

CORNELIE.

Es yeux puis-je vous croire, & n'est-ce point vn songe
Qui sur mes tristes vœux a formé ce mensonge?
Te reuoy-je, Philippe, & cét Espoux si cher
A t'il receu de toy les honneurs du bucher?
Cette vrne que ie tiens contient-elle sa cendre?
O vous, à ma douleur objet terrible & tendre,
Eternel entretien de hayne & de pitié,
Reste du grand Pompée, escoutez sa moitié.
N'attendez point de moy de regrets, ny de larmes,
Vn grand cœur à ses maux applique d'autres charmes,
Les foibles desplasirs s'amusent à parler,
Et quiconque se plaint cherche à se consoler.
Moy, ie iure des Dieux la puissance supresme,
Et pour dire encor plus, ie iure par vous-mesme,
Car vous pouuez bien plus sur ce cœur affligé
Que le respect des Dieux qui l'ont mal protegé:
Ie iure donc par vous, ô pitoyable reste,
Ma diuinité seule apres ce coup funeste,
De n'esteindre iamais, ny laisser affoiblir
L'ardeur de le vanger dont ie veux m'ennoblir.

Pro-

Ptolomée à Cesar par vn lâche artifice,
Rome, de ton Pompée a fait vn sacrifice,
Et ie n'entreray point dans tes murs desolés
Que le Prestre & le Dieu ne luy soyent immolés.
Faites m'en souuenir, & soustenez ma haine,
O cendres, mon espoir aussi bien que ma peine,
Et pour m'ayder vn iour à perdre son vainqueur
Versez dans tous les cœurs ce que ressent mon cœur
Toy qui l'as honoré sur cette infame riue
D'vne flâme pieuse autant comme cherifue,
Dy moy, quel bon Demon a mis en ton pouuoir
De rendre à ce Heros ce funebre devoir.

PHILIPPE.

Tout couuert de son sang, & plus mort que luy-mesme,
Apres auoir cent fois maudit le Diadéme,
Madame, ie portay mes pas & mes sanglots
Du costé que le vent poussoit encor les flots,
Ie cours long temps en vain, mais enfin d'vne roche
I'en descouure le tronc vers vn sable assez proche,
Où la vague en couroux sembloit prendre plaisir
A feindre de le rendre & puis s'en ressaisir.
Ie m'y iette, & l'embrasse, & le pousse au riuage,
Et ramassant sous luy le debris d'vn naufrage
Ie luy dresse vn buscher à la haste & sans art,
Tel que ie pûs sur l'heure, & qu'il plût au hazard,
A peine brusloit-il, que le Ciel plus propice
M'enuoye vn compagnon en ce pieux office,
Cordus, vn vieux Romain qui demeure en ces lieux,
Retournant de la ville y destourne les yeux,
Et n'y voyant qu'vn tronc dont la teste coupée,
A cette triste marque il reconnoist Pompée.

Soudain

Soudain la larme à l'œil, ô toy, qui que tu sois,
A qui le Ciel permet de si dignes emplois,
Ton sort est bien, dit-il, autre que tu ne penses,
Tu crains des chastimens, atten des recompenses,
Cesar est en Egypte & vange hautement
Celuy pour qui ton zele a tant de sentiment.
Tu peux mesme à sa vefue en raporter la cendre,
Dans ces murs que tu vois bastis par Alexandre
Son vainqueur l'a receuë auec tout le respect
Qu'vn Dieu pourroit icy trouuer à son respect,
Acheue, ie reuiens. Il part, & m'abandonne,
Et rapporte aussi-tost ce vase qu'il me donne,
Où sa main & la mienne en fin ont renfermé
Ces restes d'un Heros par le feu consommé.

CORNELIE.

O que sa pieté merite de louanges !

PHILIPPE.

En entrant i'ay trouué des desordres estranges.
Tout vn grand peuple armé fuyoit deuers le port
Où le Roy, disoit-on, s'estoit fait le plus fort,
Les Romains poursuiuoient, & Cesar dans la place
Ruisselante du sang de cette populace
Monstroit de sa iustice vn exemple assez beau
Faisãt passer Photin par les mains d'vn bourreau.
Aussi-tost qu'il me voit, il daigne me connoistre,
Et prenant de ma main les cendres de mon maistre,
Restes, d'vn Demydieu dont à peine ie puis
Esgaler le grand nom, tout vainqueur que i'en suis,
De vos traistres, dit-il, voyez punir les crimes
Attendant des Autels receués ces victimens,
Bien d'autres vont les suiure, & toy, cours au Palais
Porter à sa moitié ce don que ie luy fais,

Porte à ses desplaisirs cette foible allegeance,
Et luy dy que ie cours acheuer sa vangeance.
Ce grand homme à ces mots, me quitte en souspirant,
Et baise auec respect ce vase qu'il me rend.

CORNELIE.

O souspirs! ô respect! ô qu'il est doux de plaindre
Le sort d'vn ennemy quand il n'est plus à craindre!
Qu'auec chaleur, Philippe, on court à le vanger
Quand on s'y voit forcé par son propre danger,
Et que cét interest qu'on prend pour sa memoire
Fait nostre seureté comme il croist nostre gloire!
Cesar est genereux, i'en veux estre d'accord,
Mais le Roy le veut perdre, & son riual est mort,
Sa vertu laisse lieu de douter à l'enuie
De ce qu'elle seroit s'il le voyoit en vie,
Pour grand qu'en soit le prix, son peril en rabat,
Cette ombre qui la couure en affoiblit l'esclat,
L'amour mesme s'y mesle, & le force à combatre,
Quand il vange Pompée il defend Cleopatre:
Tant d'interests sont joins à ceux de mon Espoux,
Que ie ne deurois rien à ce qu'il fait pour nous,
Si comme par soy-mesme vn grand cœur iuge vn autre
Ie n'aymois mieux iuger sa vertu par la nostre,
Et croire que nous seuls armons ce combatant;
Parce qu'au point qu'il est, i'en voudrois faire autant.

SCE-

SCENE II.

CLEOPATRE, CORNELIE, PHILIPPE, CHARMION.

CLEOPATRE.

Je ne viens pas icy pour troubler vne plainte
Trop iuste à la douleur dont vous estes atteinte,
Ie viens pour rendre hommage aux cendres d'vn Heros
Qu'vn fidelle affranchy vient d'attacher aux flots,
Pour le plaindre auec vous, & vous iurer, Madame,
Que i'aurois conserué ce maistre de vostre ame,
Si le Ciel qui vous traite auec trop de rigueur
M'en eust donné la force aussi bien que le cœur.
Si pourtant à l'aspect de ce qu'il vous renuoye
Vos douleurs laissoient place à quelque peu de ioye,
Si la vengeance auoit de quoy vous soulager,
Ie vous dirois aussi qu'on vient de vous vanger,
Que le traistre Photin, vous le sçauez peut estre.

CORNELIE.

Oüy, Princesse, ie sçay qu'on a puny ce traistre.

CLEOPATRE.

Vn si prompt chastiment vous doit estre bien doux.

CORNELIE.

S'il a quelque douceur, elle n'est que pour vous.

CLEOPATRE.

Tous les cœurs trouuent doux le succez qu'ils esperent.

CORNELIE.

Comme nos interests nos sentiments different,

Si

Si Cesar à sa mort ioint celle d'Achillas,
Vous estes satisfaite & ie ne la suis pas,
Aux Manes de Pompée il faut vne autre offrande,
La victime est trop basse, & l'injure est trop grande,
Et ce n'est pas vn sang que pour la reparer
Son ombre & ma douleur daignent considerer.
L'ardeur de le vanger dans mon ame allumée
En attendant Cesar demande Ptolomée:
Tout indigne qu'il est de viure & de regner
Ie sçay bien que Cesar se force à l'espargner;
Mais quoy que son amour ait osé vous promettre;
Le Ciel plus iuste enfin n'osera le permettre,
Et s'il peut vne fois escouter tous mes vœux,
Par la main l'vn de l'autre ils periront tous deux.
Mon ame à ce bon-heur, si le Ciel me l'enuoye,
Oublira ses douleurs pour s'ouurir à la ioye,
Mais si ce grand souhait demande trop pour moy,
Si vous n'en perdez qu'vn, ô Ciel perdez le Roy.

CLEOPATRE.

Le Ciel sur nos souhaits ne regle pas les choses.

CORNELIE.

Le Ciel regle souuent les effets pour les causes,
Et rend aux criminels ce qu'ils ont merité.

CLEOPATRE.

Comme de la iustice, il a de la bonté.

CORNELIE.

Oüy, mais il fait iuger, à voir comme il commence.
Que sa iustice agit & non pas sa clemence.

CLEOPATRE.

Souuent de la iustice il passe à la douceur.

CORNELIE.

Reyne, ie parle en vefue, & vous parlez en sœur;
Chacune a son suiet d'aigreur, ou de tendresse
Qui dans le sort du Roy iustement l'interesse:
Aprenons par le sang qu'on aura respandu
A quels souhaits le Ciel aura mieux respondu.
Voicy vostre Achorée.

SCENE III.

CORNELIE, CLEOPATRE, ACHOREE, PHILIPPE, CHARMION.

CLEOPATRE.

Helas! sur son visage
Rien ne s'offre à mes yeux que de mauvais presage.
Ne nous desguisez rien, parles sans me flatter,
Qu'ay-je à craindre Achorée, ou qu'ay-je à regreter?

ACHOREE.

Aussi-tost que Cesar eust sceu la perfidie.....

CLEOPATRE.

Ah! ce n'est pas ses soins que ie veux qu'on me die,
Ie sçay qu'il fit trancher & clorre ce conduit,
Par où ce grand secours deuoit estre introduit.
Qu'il manda tous les siens pour s'asseurer la place
Où Photin a receu le prix de son audace,
Que d'vn si prompt supplice Achillas estonné
S'est aisément saisi du port abandonné,
Que le Roy l'a suiuy, qu'Antoine a mis à terre
Ce qui dans ses vaisseaux restoit des gens de guerre,

Que

Que Cesar la reioint, & ie ne doute pas
Qu'il n'ait sceu vaincre encor & punir Achillas.

ACHOREE.

Oüy, Madame, on a veu son bon-heur ordinaire.....

CLEOPATRE.

Dites moy seulement s'il a sauué mon frere,
S'il m'a tenu promesse.

ACHOREE.

Oüy, de tout son pouuoir.

CLEOPATRE.

C'est là l'vnique point que ie voulois sçauoir,
Madame, vous voyez, les Dieux m'ont escoutée.

CORNELIE.

Ils n'ont que differé la peine meritée.

CLEOPATRE.

Vous la vouliez sur l'heure, ils l'en ont garanty.

ACHOREE.

Du moins Cesar l'eust fait, s'il l'auoit consenty.

CLEOPATRE.

Que disiez vous n'aguere, & que vien-je d'entendre?
Accordez ces discours que i'ay peine à comprendre,

ACHOREE.

Ny vos vœux, ny nos soins n'ont pû le secourir,
Malgré Cesar & vous il a voulu perir,
Mais il est mort, Madame, auec toutes les marques
Dont esclatent les morts des plus dignes Monarques,
Sa vertu rappellée a soustenu son sang,
Et sa perte aux Romains a bien cousté du sang.
Il combatoit Antoine auec tant de courage
Qu'il emportoit desia sur luy quelque auantage.

Mais l'abord de Cesar a changé le destin,
Aussi tost Achillas suit le sort de Photin,
Il meurt, mais d'vne mort trop belle pour vn
traistre,
Les armes à la main en defendant son maistre
Le vainqueur crie en vain qu'on espargne le Roy,
Ces mots au lieu d'espoir luy donnent de l'effroy,
Son esprit alarmé les croit vn artifice
Pour reseruer sa teste aux hontes d'vn supplice.
Il pousse dans nos rangs, il les perce, & fait voir
Ce que peut la vertu qu'arme le desespoir,
Et son cœur indigné que cette erreur abuse
Cherche par tout la mort que chacun luy refuse,
Enfin perdant haleine apres ces grands efforts
Prest d'estre enuironné, ses meilleurs soldats
morts,
Il voit quelques fuyards sauter dans vne barque.
Il s'y iette, & les siens qui suiuent leur Monarque
D'vn tel nombre à la foule accablent ce vaisseau
Que la mer l'engloutit auec tout son fardeau.
C'est ainsi que sa mort luy rend toute sa gloire,
A vous toute l'Egypte, à Cesar la victoire,
Il vous proclame Reine, & quoy que ses Romains
Au sang que vous pleurez, n'ayent point trempé
leurs mains,
Il monstre toutefois vn desplaisir extresme,
Il souspire, il gemit, mais le voicy luy-mesme,
Qui pourra mieux que moy vous dire la douleur
Que luy donne du Roy l'inuicible malheur?

SCE-

SCENE IV.

CESAR, CORNELIE, CLEOPATRE, ANTOINE, LEPIDE, ACHOREE, CHARMION PHILIPPE.

CORNELIE.

CEsar, tien moy parole, & me remis mes galeres,
Achillas & Photin ont receu leurs salaires,
Leur Roy n'a peû joüir de ton cœur adoucy,
Et Pompée est vangé ce qu'il peut l'estre icy.
Ie n'y puis plus rien voir qu'vn funeste riuage
Qui de leur attentat m'offre l'horrible image,
Ta nouuelle victoire & le bruit esclatant
Qu'aux changemens de Roy pousse vn peuple inconstant,
Et de tous les obiets celuy qui plus m'afflige,
I'y voy tousiours en toy l'ennemy qui m'oblige.
Laisse moy m'affranchir de cette indignité
Et souffre que ma haine agisse en liberté.
A cét empressement i'adiouste vne requeste.
Voy l'vrne de Pompée, il y manque sa teste,
Ne me la retiens plus c'est l'vnique faueur
Dont ie te puis encor prier auec honneur.

CESAR.

Il est iuste, & Cesar est tout prest de vous rendre
Ce reste où vous auez tant de droit de pretendre:
Mais il est iuste aussi qu'apres tant de sanglots
A ses Manes errants nous rendions le repos,

Qu'vn bucher allumé par ma main & la vostre
Le vange pleinement dela honte de l'autre,
Que son ombre s'appaise en voyant nostre ennuy,
Et qu'vne vrne plus digne & de vous & de luy
Apres la flâme esteinte & les pompes finies
Renferme auec esclat ses cendres reunies,
De cette mesme main dont il fut combatu
Il verra des Autels dressez à sa vertu,
Il receura des vœux, de l'encens, des victimes,
Et ne receura point d'honneurs illegitimes.
Pour ces pieux deuoirs ie ne veux que demain,
Ne me refusez pas ce bon-heur souuerain,
Faites vn peu de force à vostre impatience,
Vous estes libre apres, partez en diligence,
Portez à nostre Rome vn si digne Tresor,
Portez....

CORNELIE.

Non pas Cesar, non pas à Rome encor,
Il faut que ta deffaite, & que tes funerailles
A cette cendre aymée en ouure les murailles,
Et quoy qu'elle la tienne aussi chere que moy
Elle ny doit rentrer qu'en triomphant de toy.
Ie la porte en Afrique, & c'est la que i'espere
Que les fils de Pompée, & Caton, & mon pere,
Secondez des efforts d'vn Roy plus genereux
Ainsi que la iustice auront le sort pour eux.
C'est là que tu verras sur la terre & sur l'onde
Le debris de Pharsale armer vn autre monde,
Et c'est là que i'iray pour haster tes malheurs
Porter de rang en rang ces cendres & mes pleurs.
Ie veux que de ma haine ils recoiuent des regles,
Qu'ils suiuent au combat des Vrnes au lieu d'Aigles.
Et que ce triste obiet porte à leur souuenir
Les soins de le vanger & ceux de te punir.

Tu veux à ce Heros rendre vn deuoir supresme,
L'honneur que tu luy rends rejaillit sur toy-
mesme;
Tu m'en veux pour tesmoin, i'obeïs au vain-
queur,
Mais ne presume pas toucher par là mon cœur,
La perte que i'ay faite est trop irreparable,
La source de ma haine est trop inespuisable,
A l'esgal de mes iours ie la feray durer,
Ie veux viure auec elle, auec elle expirer.
Ie t'auouëray pourtant, comme vrayment Ro-
maine,
Que pour toy mon estime est esgale à ma haine,
Que l'vne, & l'autre est iuste, & monstre le
pouuoir
L'vne de la vertu, l'autre de mon devoir,
Que l'vne est genereuse, & l'autre interessée,
Et que dans mon esprit l'vne & l'autre est forcée:
Et comme ta vertu qu'en vain on veut trahir,
Me force de priser ce que ie doibs hayr,
Iuge ainsi de la haine où mon deuoir me lie,
La vefue de Pompée y force Cornelie,
I'iray, n'en doute point, au sortir de ces lieux
Souleuer contre toy les hommes & les Dieux;
Ces Dieux qui t'ont flatté ces Dieux qui m'ont
trompée,
Ces Dieux qui dans Pharsale ont mal seruy
Pompée,
Qui la foudre à la main l'ont pû voir esgorger
Ils connoistront leur faute, & le voudrõt vanger,
Mon zele à leur refus aydé de sa memoire
Te sçaura bien sans eux arracher la victoire.
Et quand tout mon effort se trouuera rompû,
Cleopatre fera ce que ie n'auray pû.
Ie sçay quelle est ta flâme & quelles sont ses
forces,

Que tu n'ignores pas comme on fait les diuorces,
Que ton amour t'aueugle, & que pour l'espouser
Rome n'a point de loix que tu n'oses briser,
Mais sçache aussi qu'alors la jeunesse Romaine
Se croira tout permis sur l'Espoux d'vne Reine,
Et que de cét Hymen tes amis indignés
Vangeront sur ton sang leurs aduis dedaignés.
I'empesche ta ruyne empeschant tes caresses
Adieu, i'attens demain l'effet de tes promesses.

SCENE DERNIERE.

CESAR, CLEOPATRE, ANTOINE, LEPIDE, ACHOREE, CHARMION.

CLEOPATRE.

PLustost qu'à ces perils ie vous puisse exposer
Seigneur, perdez en moy ce qui les peut causer,
Sacrifiez ma vie au bonheur de la vostre,
Le mien sera trop grand & ie n'en veux point d'autre,
Indigne que ie suis d'vn Cesar pour Espoux,
Que de viure en vostre ame estant morte pour vous.

CESAR.

Reine, ces vains projets sont le seul auantage
Qu'vn grand cœur impuissant a du Ciel en partage:
Comme il a peu de force, il a beaucoup de soins,
Et s'il pouuoit plus faire il sonhaiteroit moins.

Les

Les Dieux empeſcheront l'effet de ces augures,
Et mes felicitez n'en ſeront pas moins pures.
Pourueu que voſtre amour gaigne ſur vos douleurs
Qu'en faueur de Ceſar vous tariſſiez vos pleurs,
Et que voſtre bonté ſenſible à ma priere
Pour vn fidelle amant oublie vn mauuais frere,
On aura pû vous dire auec quel deſplaiſir
I'ay veu le deſeſpoir qu'il a voulu choiſir,
Auec combien d'efforts i'ay voulu le deffendre
Des Paniques terreurs qui l'auoient pû ſurprendre,
Il s'eſt de mes bontez iuſqu'a bout deffendu,
Et de peur de ſe perdre il s'eſt en fin perdu.
O honte pour Ceſar, qu'auec tant de puiſſance,
Tant de ſoins pour vous rendre entiere obeïſſance
Il n'ait pû toutefois en ces euenemens
Obeyr au premier de vos commandemens!
Prenez-vous en au Ciel, dont les ordres ſublimes
Malgré tous nos efforts ſçauent punir les crimes,
Sa rigueur enuers luy vous ouure vn ſort plus doux,
Puiſque par cette mort l'Egypte eſt toute à vous.

CLEOPATRE.

Ie ſçay que i'en reçois vn nouueau Diadéme,
Qu'on n'en peut accuſer que les Dieux, & luy-meſme,
Mais comme il eſt, Seigneur, de la fatalité
Que l'aigreur ſoit meſlée à la felicité,
Ne vous offencez pas ſi cét heur de vos armes
Qui me rend tant de biens me couſte vn peu de larmes,
Et ſi voyant ſa mort deuë à ſa trahiſon,
Ie donne à la nature ainſi qu'à la raiſon:
Ie n'ouure point les yeux ſur ma grãdeur ſi proche
Qu'auſſi toſt à mon cœur mõ ſang ne le reproche,

I'en ressens dans mon ame vn murmure secret,
Et n'ose remonter au Throsne sans regret.

ACHOREE.

Vn grand peuple, Seigneur, dont cette cour est
pleine,
Par des cris redoublez demande à voir sa Reine,
Et tout impatient desia se plaint aux Cieux
Qu'on luy donne trop tard vn bien si precieux.

CESAR.

Ne luy refusons plus le bonheur qu'il desire,
Princesse, allons par là commécer vostre Empire.
Face le iuste Ciel propice à mes desirs
Que ce longs cris de ioye estouffent vos souspirs,
Et puissent ne laisser dedans vostre pensée
Que l'image des traits dont mon ame est blessée.
Cependant qu'a l'enuy ma suite & vostre Cour
Preparent pour demain la pompe d'vn beau iour,
Où dans vn digne employ l'vne & l'autre occupee
Couronne Cleopatre, & m appaise Pompée,
Esleue à l'vne vn Throsne, à l'autre des Autels,
Et jure à tous les deux des respects immortels.

FIN.

www.ingramcontent.com/pod-product-compliance
Lightning Source LLC
LaVergne TN
LVHW012352220826
846092LV00002B/534

* 9 7 8 2 3 2 9 6 9 5 6 6 2 *